DER STREIT ÜBER DIE TRAGÖDIE

THEODOR LIPPS

EINLEITUNG.

So wenig wie die künstlerische Thätigkeit, ebenso wenig ist auch unser Kunstgenuß bedingt durch die verständesmäßige Einsicht in die Gründe, auf denen die Wirkung des Kunstwerkes beruht. Und es ist gut, daß es sich so verhält. Wäre es anders, aller Kunstgenuß geriete ins Schwanken. Vor allem dürfte kein tragisches Kunstwerk auf eine sichere und bei allen gleichartige Wirkung rechnen. So groß ist die Unsicherheit und Gegensätzlichkeit der Anschauungen über den "Grund unseres Vergnügens an tragischen Gegenständen."

Die verstandesmäßige Einsicht bedingt nicht den Kunstgenuß. Aber die *vermeintliche* Einsicht, die *falsche Theorie* vermag ihn empfindlich zu *schädigen*. Nicht bei solchen, die die Theorie haben, aber klug genug sind, von ihr angesichts des Kunstwerkes keinen Gebrauch zu machen; die sich zu Hause an ihrer Theorie der Tragödie, im Theater an der Tragödie erfreuen. Sie schaffen sich nur einen doppelten Genuß. Für sie ist die Theorie ein Luxus, den man ihnen wohl gönnen mag. Wohl aber muß die falsche Theorie Schaden stiften bei denjenigen, die damit praktisch Ernst machen. Sie suchen, durch die Theorie verleitet, im Kunstwerk, was die Theorie vorschreibt, und finden natürlich, was sie suchen. Und sie übersehen mit ihrem durch die Theorie mißleiteten Blick, was das Kunstwerk bieten will und bietet.

Vielleicht beruht die falsche Theorie immerhin auf ästhetischem Boden; sie ist hervorgegangen aus oberflächlicher und einseitiger Betrachtung des Kunstwerkes. Dies ist der bei weitem günstigere Fall. Schlimmer ist es, wenn eine der Kunst fremde Theorie, eine Welt- oder Lebensauffassung, wie sie der "Philosoph" aus der Betrachtung der Wirklichkeit gewonnen oder in seinen Mußestunden erträumt hat, dem Kunstwerk untergeschoben, und dies zum Mittel gemacht wird, jene Welt- oder Lebensauffassung zu verkündigen oder zu bestätigen.

DIE "RESIGNATION" DES TRAGISCHEN HELDEN.

Es giebt eine Weltanschauung, die, ausgehend von der Betrachtung des Leides in der Welt, zur Überzeugung gelangt, daß es besser wäre, die Welt wäre nicht. Das Leid in der Welt fordere eine *Erlösung*. Diese sei gegeben in der Abkehr vom Leben, der Preisgabe des Daseins, der "Weltüberwindung" in diesem Sinne. Im Aufhören des Daseins, im Nichtsein also, sei die Disharmonie der Welt in "Harmonie" aufgelöst; hier sei "Ruhe, Versöhnung, Frieden".

Lassen wir dahingestellt, wie der Verkündiger dieser "pessimistischen" Weltanschauung seine Lehre zu beweisen gedenkt. Nur dies interessiert uns hier einigermaßen, wie er die sonderbare Vorstellung rechtfertigen will, daß das Individuum nach Preisgabe seines Daseins, daß also das nicht mehr existierende Individuum, doch noch von eben dieser Nichtexistenz etwas *habe*; daß es, obgleich nicht mehr empfindend, doch sein Nichtsein als Harmonie, Versöhnung, Ruhe, kurz irgendwie befriedigend empfinde. Denn die Befriedigung, die ich nicht empfinde, ist ja doch für mich keine Befriedigung, so sehr sie es für einen anderen sein mag; Erlösung, Versöhnung, Harmonie, das alles sind Worte, die auf das nicht mehr existierende also auch nicht mehr empfindende Individuum angewandt völlig ihren Sinn verlieren. Was, frage ich, veranlaßt den Vertreter jener Theorie trotzdem mit diesen Worten zu spielen, statt überall das so klare und viel einfachere Wort "Nichts" an die Stelle zu setzen.

Das Spiel ist ja allzuleicht zu durchschauen. Ruhe ist ein doppelsinniges Wort. Ruhe ist Abwesenheit der Bewegung, Mangel des Lebens, also Tod, Starrheit, gleichförmiges Einerlei. Solcher Ruhe "erfreut" sich der Stein gegenüber der Pflanze, die durch Entziehung der Wärme erstarrte Natur gegenüber der lebendigen. Ein ander Mal ist "Ruhe" gleichbedeutend mit "*Ausruhen*". Solches Ausruhen ist nicht Mangel des Lebens, sondern ungestörter Ablauf desselben; nicht aufgehobene Bewegung, sondern ungetrübtes Gleichmaß vorhandener Bewegung. Jene Ruhe hat nichts Erfreuliches; mit Bewegung und Leben ist ja auch das Fühlen aufgehoben. Diese schließt eine eigene und beglückende Art des Lebens- und Selbstgefühls in sich. Nur wenn man mit logischer Taschenspielerkunst jenem negativen Begriff der Ruhe diesen positiven Begriff unterschiebt, kann man auch jenen mit scheinbarem positivem Inhalte erfüllen.

Noch schlimmer steht es mit den anderen, an Stelle des "Nichts" gesetzten Begriffen. Aufgehobene Disharmonie ist nicht ohne weiteres Harmonie, sie ist an sich bloß nicht vorhandene Disharmonie, Leere, ein Nichts an Stelle der Disharmonie. Nicht, wo nichts mehr erklingt, sondern wo Klänge ungestört zusammenklingen, ist Harmonie. Und solche Harmonie muß da sein, wo Disharmonie in Harmonie "*aufgelöst*" werden soll. Ohne die nachfolgende Harmonie ist die "Auflösung" ein leeres Wort, eine sonderbare Erschleichung.—Und nicht anders ist es mit dem "Frieden", der "Versöhnung". Ich frage, ist es recht, solchen Begriffsbetrug zu üben? Oder wie glaubt man dergleichen logischen Leichtsinn verantworten zu können?

Jener "Weltanschauung" aber soll nun auch die Tragödie zur Bestätigung dienen. Wir erfahren: in der Tragödie vollziehe der Held die Abwendung vom Dasein und Leben; daraus gewinne der Zuschauer den Trost, daß auch ihm ein Gleiches zu thun offen stehe. Die Tragödie erschließe so dem Geiste "seine wahre Heimat und die Aussicht auf den stillen Hafen hinter der sturmbewegten See des Lebens."

Hier haben wir zunächst neue Worte an Stelle des "Nichts". Schade, daß sie, so poetisch auch immer, und so wohlgeeignet die Leere des Nichts gefällig zu verschleiern, doch auch nicht das Nichts in ein Etwas, wohl gar in ein beglückendes Etwas zu verwandeln vermögen. Man könnte meinen, trotz der schönen Worte bleibe der Gedanke an jene Leere vielmehr der erschrecklichsten einer, und jene "trostreiche" Aussicht sei alles eher als trostreich.

Doch streiten wir darüber nicht.—Der *Zuschauer* soll jenen trostreichen Gedanken haben. Gemeint kann aber doch wohl nur der Zuschauer sein, der an die pessimistische Lehre glaubt, und auch der nur unter der Voraussetzung, daß er im Trauerspiel, das ja von allerlei redet, nur nicht von ihm und seinen persönlichen und realen Interessen, noch die Zeit findet, zu diesen Interessen abzuschweifen. Oder wo pflegen Tragödien von Zuschauern und ihren Wünschen und Aussichten zu handeln? Welche Tragödie fällt so aus der Rolle?

Ich fürchte nicht, daß man den Sinn und die Bedeutung dieser Frage verkenne. Die Fabel mag ausdrücklich enden mit dem "Fabula docet", der Nutzanwendung, die sich an den Leser oder Hörer wendet; das Gleichnis mag sagen: "Gehe hin und thue desgleichen". Und wenn sie es nicht ausdrücklich thun, so sollen wir doch die Lehre oder Nutzanwendung aus ihnen ziehen. Beide sind eben Belehrungen in künstlerischer Form, nicht reine Kunstwerke. Dagegen will das reine Kunstwerk nicht belehren, am wenigsten über unsere "Aussichten". Oder was würde man sagen, wenn jemand aus dem Lustspiel, in dem der Held durchs große Loos aus materieller Not befreit wird, den tröstlichen Gedanken zöge, daß auch ihm dergleichen begegnen könne. Was würde man sagen, wenn er uns gar erklärte, dieser tröstliche Gedanke sei eben der Grund und eigentliche Inhalt seines Kunstgenusses? Nun, genau dasselbe muß man von demjenigen sagen, der den Genuß am tragischen Kunstwerk auf irgend welche trostreiche Aussicht gründet, die er für sich daraus zieht.

Das darstellende Kunstwerk will wirken durch das, was es darstellt, durch die Gestalten, die es uns vorführt, und das, was diese Gestalten innerhalb des Kunstwerkes,—nicht irgend jemand sonst, am wenigsten wir selbst, *außerhalb*desselben,—sind und denken, thun und erleiden. In die Gestalten, in ihr Denken, Thun und Leiden sollen wir uns in unserer Phantasie hineinversetzen und unser reales Ich mit seinen Wünschen und Aussichten, und damit zugleich die ganze sonstige Welt der Wirklichkeit nicht hineinmengen, sondern vergessen. Die Welt des darstellenden Kunstwerkes ist nicht eine wirkliche, sondern eben eine dargestellte; eine Welt der bloßen Vorstellung, der Phantasie, des Scheins. Sie ist jedesmal eine Welt für sich, von der Welt, in der wir existieren, durch eine absolute Kluft getrennt. Diese Welt und sie allein geht uns an, wenn wir uns dem Kunstwerk hingeben; aus ihr allein können wir schöpfen, was wir aus dem Kunstwerke schöpfen wollen.

Es besteht aber gerade das Besondere des darstellenden Kunstwerkes, dasjenige, was es vor dem Schönen der Wirklichkeit jederzeit voraus hat, darin, daß es eine solche Welt für sich bildet, aller wirklichen Welt transcendent, völlig losgelöst von unseren Wirklichkeitsinteressen; es ist das Auszeichnende des Genusses am darstellenden Kunstwerke, daß das Schöne in ihm zur Geltung kommt und wirkt, wie es an sich ist, genossen wird in dem Werte, den es an sich hat, nur verflochten in die Beziehungen, in die es im Kunstwerke verflochten erscheint.

Dagegen hebt jede Einmischung eines Gedankens, der sich auf das bezieht, was außerhalb des Kunstwerkes liegt, jede Herzubringung eines Interesses außer dem Interesse am Kunstwerk selbst und seinem Inhalte das eigentliche Wesen des Kunstwerkes auf. Die Vermengung ist nicht klüger als die von Traum und Wirklichkeit, der Versuch vor allem, "trostreiche" Gedanken für die Wirklichkeit aus dem Kunstwerke zu ziehen, nicht geistreicher als der Versuch, das Kapital, das man im Traume gewonnen, im wachen Leben auf Zinsen zu legen.

Doch weiter. Aus gewissen *Bedingungen* folgt jedesmal in der Tragödie das Preisgeben des Daseins seitens des Helden. Er wendet sich vom Leben—wenn er es thut—nicht auf Grund einer philosophischen Reflexion über die Vortrefflichkeit der Nichtexistenz, sondern weil ein großes Leid, ein unlösbarer Konflikt über ihn hereingebrochen ist. Warum dies?

Man sagt uns, der Held müsse durch die Unlösbarkeit des Konfliktes erst dazu gebracht werden, die Welt zu überwinden, die instinktive Todesfurcht abzuschütteln, das Nichtsein begehrenswert zu finden. Wie ihm das Leiden, so solle uns der Anblick des Leidens die Vortrefflichkeit des Nichtseins im Vergleich zu den Leiden des Daseins zum Bewußtsein bringen. Auch sei die Preisgabe des Lebens für den Helden erst auf Grund der Unlösbarkeit des Konfliktes*verzeihlich*. Denn von Hause aus habe der Einzelne die Pflicht sich dem Leben und seinen Aufgaben zu erhalten, obgleich diese Aufgaben zuletzt auf nichts anderes hinauslaufen, als darauf, auch die übrige Welt zur Abkehr vom Leben reif zu machen.

Aber ist damit nicht die ganze "tröstliche Aussicht" wiederum illusorisch gemacht? Angenommen der Held entschlösse sich zur Preisgabe des Daseins *ohne* besondere Veranlassung, etwa unter Recitation einiger "Lichtstrahlen" aus pessimistischen Werken. Dann könnten wir vielleicht aus seinem Verhalten die tröstliche Zuversicht gewinnen, daß auch uns, denen einstweilen die besondere Veranlassung fehlt, ein gleiches Verhalten möglich sei. Wie aber, wenn das Gegenteil dieser Annahme stattfindet?

Daß die Veranlassung zur Preisgabe des Daseins beim Helden der Tragödie eine besondere, daß die Bedingungen seines Unterganges außerordentliche zu sein pflegen, das tut ja doch wohl keine Frage. Man hat sogar diese Besonderheit oder Außerordentlichkeit über Gebühr gesteigert. Der tragische Konflikt, sagte man, setze jederzeit eine "Überhebung" seitens des Helden voraus. Dies bezweifle ich. Ich wüßte wenigstens nicht, worin die Überhebung einer EMILIA GALOTTI bestehen sollte. Aber lassen wir diesen Punkt hier noch unentschieden. Uns genügt, daß unter Voraussetzung gewisser, nicht alltäglicher Bedingungen, und nur unter Voraussetzung derselben, der tragische Held sich vom Leben abzuwenden pflegt.

Diese Bedingungen müssen gewiß, so wenig alltäglich immer, mögliche und naturgemäße, sie müssen "*normale*" Bedingungen sein. Ob sie dagegen irgend einmal wirklich waren, oder größere oder geringere Aussicht haben, wirklich zu werden, hat wiederum mit dem Kunstwerke nichts zu thun. Angenommen aber, wir können es nun einmal nicht lassen, in die Phantasiewelt des Kunstwerkes die wirkliche Welt hineinzumengen, insbesondere Nutzanwendungen auf uns selbst zu machen. Dann ist zum mindesten gefordert, daß die Nutzanwendung dem entspreche, woraus sie gezogen ist. Nun liegt im Gedanken, daß wir können, was der Held kann, ein Vergleich des Helden mit uns. Dieser Vergleich hat, wie bei Vergleichen üblich, auch seine Kehrseite. Der unlösbare Konflikt besteht jetzt für uns nicht. Wir müssen auch die Möglichkeit, bzw. die größere oder geringere Wahrscheinlichkeit zugeben, daß die Bedingungen, die ihn notwendig herbeiführen, für uns nicht eintreten werden. Natürlich muß dieser Gedanke unsere "tröstliche Zuversicht" stören. Die Möglichkeit oder Wahrscheinlichkeit, daß wir nie in eine Lage kommen werden, in der die Abwendung vom Leben auch für uns unvermeidlich und darum verzeihlich wäre, die uns zugleich von der "instinktiven Todesfurcht" befreite, so daß wir das Nichtsein dem Dasein auch praktisch vorziehen könnten, diese Möglichkeit oder Wahrscheinlichkeit muß uns sogar mit umso größerem Schmerz und Neid erfüllen, je tröstlicher jene "tröstliche Aussicht" für uns sein würde.

Daran ändert auch die Behauptung nichts, daß in jedem Menschen Konflikte "ruhen", die ihrer Natur nach unversöhnlich sind, und daß es nur der Zufälligkeit der Verhältnisse zu danken sei, wenn sie nicht zum Ausbruch kommen. Denn die ruhenden, nicht aufgebrochenen Konflikte, das sind eben doch Konflikte, die thatsächlich nicht bestehen. Vielleicht brechen sie einmal aus. Aber die Unsicherheit, ob sie ausbrechen werden, ob wir also Aussicht haben, es dem Helden einmal nachmachen zu können oder nicht, das Hangen und Bangen zwischen dieser Aussicht und der gänzlichen Aussichtslosigkeit muß uns in einen Zustand marternder Unruhe versetzen, der erst recht das Gegenteil ist von der erhebenden Wirkung des tragischen Kunstwerks.

Lassen wir auch diesen Punkt. Wenn wenigstens die Voraussetzung dieser wunderbaren Theorie zuträfe; wenn wenigstens der Held der Tragödie wirklich überall resigniert vom Leben sich abkehrte. Thatsächlich ist ja auch dies nicht der Fall. Oder wo ist in ANTIGONEs herzzerreißender Klage, daß sie das Leben verlassen müsse, diese Abkehr? Wo ist die Resignation, das Abschütteln der Todesfurcht, das Wegwerfen des Daseins als eitel und wertlos? Was kann es auch nur für einen Sinn haben, von ihr zu behaupten, daß sie das Nichtsein den Leiden des Daseins vorziehe, da ja bei ihr vielmehr das ganze Leiden in der bitteren Notwendigkeit des Sterbens *besteht*?—Wo finden wir die Resignation selbst bei einem MACBETH oder RICHARD III.?

Freilich, daß solche Ausnahmen sich finden, daß nicht in allen Tragödien der Held zur Resignation gelange, dies wird ausdrücklich zugestanden. Die Resignation, sagt man uns, bleibe eben in solchen Fällen der Reflexion des Zuschauers überlassen. Aber damit ist doch wohl zugleich ausdrücklich zugestanden, daß die tröstliche Aussicht, in welcher der eigentliche Sinn der Tragödie bestehen sollte, ganz außerhalb des Kunstwerkes steht, und lediglich dem Zuschauer zur Last fällt, der den Dichter ergänzt oder korrigiert, wie es ihm eben beliebt. Giebt die thatsächliche Resignation des Helden uns das Bewußtsein, daß wir unter gleichen Umständen derselben Resignation fähig sein würden, dann muß ebenso sicher der Mangel der Resignation, der ja auch im Kunstwerk wohl motiviert ist, die Überzeugung in uns wecken, daß wir unter gleichen Umständen ebenso unresigniert sein würden. Gewinnen wir trotzdem auch im letzteren Falle die Zuversicht unserer eigenen Resignationsfähigkeit, so gelangen wir dazu auf unsere eigenen Kosten und dem Kunstwerk zum Trotz. Wir können dann ebensowohl aus jeder beliebigen Komödie die gleiche Zuversicht schöpfen. Das Kunstwerk ist schließlich gänzlich gleichgiltig geworden. "Reflexionen" können wir ja jederzeit anstellen, welche wir wollen.

Fassen wir alles zusammen, so leuchtet ein, worin für die Theorie in Wahrheit der Genuß des tragischen Kunstwerkes besteht. Man geht ins Theater, um sich seiner glücklich gewonnenen Weltanschauung zu freuen. Stimmt damit das aufgeführte Stück überein oder läßt es sich so umdeuten, daß es damit übereinzustimmen scheint, dann freut man sich auch an dieser wirklichen oder vermeintlichen *Übereinstimmung*. Will das Stück sich durchaus nicht der Weltanschauung fügen, nun, dann läßt man das Kunstwerk Kunstwerk sein und begnügt sich mit der Freude an seiner eigenen Weisheit.

Das tragische Kunstwerk ist eben, so wenig wie irgendwelches Kunstwerk, dazu da Weltanschauungen zu predigen oder zu bestätigen, pessimistische so wenig wie optimistische. "Aber der Dichter muß doch irgend eine Weltanschauung haben, und die muß in seinem Werke zu Tage treten. Und nur der wird das Kunstwerk recht verstehen, der sich auf den Boden dieser Weltanschauung stellt."—Ich frage: Warum dies alles? Mag der Dichter als Mensch, sozusagen für seinen Privatgebrauch eine Weltanschauung haben. Als Dichter bedarf er keiner solchen, es sei denn, daß es ihm darauf ankommt in seinen Gestalten einen Kampf der Weltanschauungen zur Darstellung zu bringen. Im übrigen wird er sogar gut thun, seine Weltanschauung möglichst für sich zu behalten. Was er in jedem Falle braucht, ist Kenntnis der Welt und des in ihr Möglichen; Verständnis für das, was in der Welt ist und auf das menschliche Gemüt zu wirken vermag; Beherrschung der Sprache, in der die Erscheinungen in der Welt ihren Sinn und Inhalt zu offenbaren pflegen. Will man dies Weltanschauung nennen, so ist es doch nicht Weltanschauung in dem hier vorausgesetzten philosophischen Sinne des Wortes.

So haben denn auch große Dichter keine oder eine sehr schwankende "Weltanschauung" gehabt, und hatten sie eine, so hüteten sie sich das Kunstwerk zur Darlegung und Anpreisung dieser Weltanschauung zu mißbrauchen.

Nur in einem Sinne, außer dem eben zugestandenen, muß der Dichter und jeder Künstler als solcher Weltanschauung haben und geben, wenn nämlich unter "Welt" die Welt des Kunstwerkes verstanden wird. Diese Welt ist seine Welt und diese Welt allerdings muß ihm, indem er sie schafft, Gegenstand einer klaren, einheitlichen und von innerer Wahrheit erfüllten Anschauung sein. Eben diese "Weltanschauung" soll dann gewiß auch der Betrachter gewinnen.

DIE "POETISCHE GERECHTIGKEIT".

Ich sagte schon, daß das tragische Kunstwerk, wie keine pessimistische, so auch keine *optimistische* Weltanschauung predige. Es hat mit beiden gleich viel oder gleich wenig zu thun. Es giebt aber eine Theorie der Tragödie, die optimistisch genannt werden kann, auch wohl sich selbst so nennt und die das tragische Kunstwerk, wenngleich in anderer Weise, darum doch nicht minder verfälscht als die besprochene pessimistische. Die gemeinte Theorie fordert, daß das Übel, das dem Helden widerfährt, insbesondere sein schließlicher Untergang, als "Strafe" des Bösen, als "Sühne" für eine "Verschuldung" erscheine. Sie kennt eine überall in der Tragödie waltende "poetische Gerechtigkeit". Daß es eine solche Gerechtigkeit in der Welt gebe, daß alle Schuld sich auf Erden räche, dies soll der erhebende Gedanke sein, den das Trauerspiel vergegenwärtige und in dessen Vergegenwärtigung sein eigentlicher Sinn bestehe.

Wir fragen zunächst: *Besteht* denn, wirklich jene Gerechtigkeit in der Welt, rächt sich wirklich alle Schuld auf Erden? Soviel wir wissen, nicht. Schuldige und Unschuldige gehen unter: Unschuldige und Schuldige bleiben erhalten und freuen sich ihres Daseins. Die Besten empfinden mit tiefem, vielleicht vernichtendem Schmerze, was die Bösen, die Oberflächlichen, die sittlich Stumpfen gleichgiltig oder mit lächelndem Achselzucken ansehen. Darnach ist es ein unwahrer Gedanke, den die Tragödie vergegenwärtigt oder es ist unwahr, daß ihn die Tragödie vergegenwärtigt.

Die Tragödie vergegenwärtigt den Gedanken nicht. Die Tragödie vergegenwärtigt überhaupt keine allgemeine Gedanken. Sie vergegenwärtigt nur sich selbst. MACBETHs, RICHARDs III. Schuld rächt sich; vielleicht, obgleich wir dies einstweilen bezweifeln, auch die der ANTIGONE, CORDELIA, OPHELIA. Aber diese Gestalten gehören, soviel ich sehe, nicht der "Erde" an, sondern der Tragödie; nicht auf Erden, sondern in der Welt der Phantasie, in der wir leben, wenn wir die Gestalten sehen, rächt sich ihre Schuld. Und daß sie sich rächt, das ist kein Gedanke, sondern eine Thatsache, die wir vor unseren Augen erleben. Nicht dazu ist die Tragödie da, damit wir Gedanken vollziehen, sondern damit wir etwas erleben und davon ergriffen sind.

Doch damit ist die Theorie nicht beseitigt. Den "Gedanken" sind wir los und damit die "Weltanschauung", die in dem Glauben an jenen Gedanken besteht, und damit ist viel gewonnen. Aber das Erlebnis, der einzelne Fall der poetischen Gerechtigkeit, den uns die Tragödie vorführt, bleibt bestehen oder scheint bestehen zu bleiben. Und damit bliebe für uns das Wesentliche. Mag der "Gedanke" oder die "Weltanschauung" wahr sein oder falsch, uns genügte der einzelne Fall, wie er auf der Bühne uns entgegentritt. In der Welt der Wirklichkeit braucht ein solcher Fall nur *möglich* zu sein. Ist er zugleich auf der Bühne wirklich und beruht darauf die Wirkung der Tragödie, so hört unser weiterer Widerspruch gegen die Theorie auf.

Aber hier drängt sich sofort ein anderer naheliegender Einwand auf. Es giebt außer der Tragödie andere tragische Kunstwerke. Man sollte meinen, was den Sinn der Tragödie ausmache, müsse in irgend einer Weise auch in sonstigen tragischen Kunstwerken vergegenwärtigt sein. Wiefern aber leidet der LAOKOON des plastischen Bildwerks zur Strafe für eine Schuld? Wo ist da die poetische, oder wie es hier wohl heißen müßte, "plastische" Gerechtigkeit? Ich sehe das Leiden deutlich genug, aber woran sehe ich, daß ihm eine Schuld voranging? Der LAOKOON des *Dichters* mag für eine Schuld leiden, obgleich ich nicht weiß, worin sie bestehen sollte. Aber der LAOKOON des Dichters ist nun einmal nicht der plastische.

Dieser Thatbestand für sich allein hätte genügen müssen, die Schuld- und Straftheorie, oder die Theorie der "poetischen Gerechtigkeit" zu Falle zu bringen. Doch so eingewurzelte Theorien sind nicht so leicht zu fällen. Vielleicht hilft man sich mit der Bemerkung, die gemeinsame

Bezeichnung plastischer und dramatischer Kunstwerke als tragischer sei völlig zufällig, beweise darum in der That nichts für irgendwelche Übereinstimmung in den Gründen ihrer Wirkung.

So fassen wir lieber die Tragödie direkt ins Auge. Der tragische Held soll leiden zur Strafe für eine Schuld. Diese Behauptung nötigt die Vertreter unserer Theorie, überall an den tragischen Helden eine "Schuld" aufzusuchen. Es gelingt ihnen denn auch überall etwas zu finden, dem sie diesen Namen glauben geben zu dürfen. ANTIGONE erhebt sich gegen den Träger der socialen Ordnung; DESDEMONA versündigt sich gegen die väterliche Autorität, sie macht keinen Versuch, BRABANTIO durch Bitten und Thränen zur Einwilligung zu bewegen; und nun gar der Leichtsinn, das Taschentuch zu verlieren!—EMILIA GALOTTI hat keine tatsächliche, aber eine "Gedankenschuld" auf sich geladen.—So sehen wir, kein Unschuldiger, nur Schuldige werden vom tragischen Geschick ereilt.

Man wird nicht umhin können, den Scharfsinn zu bewundern, der zu solchen Schuldbeweisen aufgeboten worden ist. Im übrigen gewähren sie ein wenig erfreuliches Schauspiel. Als ob es nicht genug wäre, daß der Dichter seine Helden leiden läßt, werden sie nun auch noch von den Ästhetikern mißhandelt. Man zwingt sie erbarmungslos auf die Anklagebank, um alles an ihnen hervorzukehren, das Innerlichste und Äußerlichste, das was sie gethan und das was sie, zwar nicht gegen ihre eigene, aber gegen des Ästhetikers bessere Einsicht unterlassen haben, Fehler, von denen Dichter und Kunstwerk wissen, und solche, von denen beide nichts wissen. Nachdem so das Verborgenste ans Licht gezogen ist, "plädiert" man für und wider. Wo der eine eine kleine Schuld findet, wittert der andere eine große; wo der eine milde gestimmt ist, redet sich ein anderer in Entrüstung hinein. Alle aber stimmen sie schließlich in das Schuldig ein: "Was brauchen wir weiter Zeugnis? Weg mit ihnen."

Was aber will man denn eigentlich mit dem allem? Darum handelt es sich ja doch nicht, ob die tragische Persönlichkeit überhaupt "unschuldig" ist, so unschuldig, daß auch derjenige, der seiner Theorie zuliebe einen Tadel an ihr finden muß und will, keinen zu finden vermag. Wir sind allzumal Sünder, und die etwa ausgenommen sind, die neugeborenen Kinder oder die Heiligen des Himmels, wird man gewiß auch in Zukunft nicht zu Helden von Tragödien machen. Nur das kann doch die Frage sein, ob der Held eine Schuld auf sich geladen hat, für die das Leiden, das ihn trifft, als gerechte *Strafe* erscheint, eine Schuld, die nur mit *Vernichtung gesühnt* werden kann. Und dies wiederum nicht nach einem Maßstabe, den wir speciell für die Tragödie zurecht schneiden mögen, sondern nach demjenigen, den unser natürliches sittliches Gefühl uns an die Hand giebt.

Reden wir ganz speziell. Hat ein Weib, das ganz erfüllt von reinster Bruderliebe, die heiligste Verpflichtung, die ihr diese Bruderliebe auferlegt, festhält, trotz der Drohungen eines Tyrannen, angesichts der Notwendigkeit elend dahinzusterben, kurz, hat ein Weib, das ebenso handelt wie ANTIGONE, und aus ebensolcher Gesinnung, durch dies Handeln und durch diese Gesinnung den Tod verdient, nicht irgend einen, sondern den grausamen und schmachvollen, wie ihn ANTIGONE erleidet? Ist sie durch unser natürliches Gefühl gerichtet, als eine, die nicht verdient, weiterzuleben? Haben wir, wenn sie ihrem schrecklichen Schicksal verfällt, das Bewußtsein, ihr sei recht geschehen und weiter nichts, und ist es dieses Bewußtsein, ist es dies befriedigte "Gerechtigkeitsgefühl", aus dem wir den erhabenen Genuß schöpfen, den uns die Tragödie gewährt?

Man rede nicht von einem höheren sittlichen Standpunkte gegenüber dem Kunstwerk. Reiner allerdings ist der Standpunkt, wir stehen nirgends auf einem reineren sittlichen Standpunkt als gegenüber dem tragischen Kunstwerk. Aber er ist reiner, nicht weil er dem natürlichen Gefühl

Hohn spricht, sondern sofern er eben dies Gefühl unbeeinflußt durch Rücksichten, wie sie der Zusammenhang der Wirklichkeit mit sich bringt, zur Geltung kommen läßt.

SCHULD UND "STRAFE".

Doch urteilen wir nicht zu schnell. Sehen wir der Theorie etwas näher ins Gesicht. Worin denn soll jener "höhere" Standpunkt bestehen? Ist er ein höherer, weil er ein strengerer ist, der mißt nicht nach menschlichem Maßstabe, sondern nach dem Maßstabe sittlicher Vollkommenheit? Von sittlicher Vollkommenheit allerdings bleibt ja alle menschliche Tugend weit entfernt. Vielleicht sieht ein vollkommenes Wesen, sieht die Gottheit die besten der Menschen so weit von sich entfernt, daß das Gute, das an ihnen ist, ihr unendlich klein erscheint. Besteht es darum für sie gar nicht mehr? Darf sie es völlig für nichts achten?

Doch was reden wir? Sind denn wir die Gottheit? Können wir denn einen anderen Maßstab haben als den menschlichen? Ist der Dichter nicht Mensch und wendet sich an Menschen?

Lassen wir uns aber jenen höheren Standpunkt einen Augenblick gefallen. Die besten der tragischen Helden seien trotz ihres guten Wollens so nichtswürdig, als es von jenem höheren Standpunkt irgend scheinen mag. Müssen sie darum vernichtet werden? Gewiß wird einem absolut vollkommenen Willen jede Unvollkommenheit, jeder Mangel, jedes Böse widerstreben. Er wird demgemäß das Böse überall aufzuheben und zu vernichten streben. Aber heißt dies, er wird die *Menschen* vernichten? Sind denn die Menschen die Unvollkommenheit, der Mangel, das Böse? Sind sie das Nichtseinsollende, weil das Nichtseinsollende ihnen anhaftet? So gewiß nur das, was am Menschen böse ist, oder der Mensch, sofern er böse ist, dem vollkommenen Willen widerspricht, so gewiß kann die Gegenwirkung dieses Willens nur gegen dies Böse gerichtet sein, nicht gegen das Ganze des Menschen. Der vollkommene Wille kann nicht seinen Zorn von dem Bösen auf das ganze Wesen übertragen und so mit dem Bösen auch das, sei es noch so geringe Gute, oder den Keim des Guten, der im Menschen wohnt, zugleich vernichten wollen. Dies Gute muß er lieben und zu erhalten streben, so gewiß er das Böse haßt und aufzuheben strebt. Mögen wir vermöge eines natürlichen Irrtums unseres Empfindens Menschen hassen, statt das Böse in ihnen zu hassen, dem vollkommenen sittlichen Willen liegt solcher Irrtum fern.

Welche Bedeutung dürfen wir dann noch der Strafe beimessen?—Strafe ist nicht *unmittelbar* Aufhebung oder Verneinung *des Bösen*. Sie ist Verhängung eines Übels über die *Person*, störender oder vernichtender Eingriff in den Bestand der Persönlichkeit, der diese oder jene Seite der Persönlichkeit treffen kann. Dies hindert doch nicht, daß ihr ganzes *sittliches Wesen* einzig in jener Reaktion des sittlichen Willens,—wenn ein sittlich vollkommener Wille als der Strafende gedacht wird, in der Reaktion dieses sittlich vollkommenen Willens—gegen *das Böse* bestehen kann. Das Böse aber ist einzig im Innern der Persönlichkeit als deren böser Wille. Darnach hat die Strafe ihre sittliche Bedeutung, nicht sofern sie in die Persönlichkeit überhaupt störend und vernichtend eingreift, sondern lediglich sofern dadurch der böse Wille getroffen, gebrochen, vernichtet wird. Die Strafe verfehlt ihren sittlichen Zweck, sie ist nicht Strafe, so sehr sie es nach der Absicht des Strafenden sein mag, wenn nicht in dem Gestraften das Bewußtsein entsteht, daß er gestraft und mit Recht gestraft sei, wenn ihm nicht in der Strafe die Nichtigkeit seines bösen Wollens und die sittliche Übermacht *des* Willens, der die Strafe verhängt, zum Bewußtsein kommt. Sie verdient ihren Namen nur soweit dies der Fall ist.

Wie nun, so frage ich, steht es hiermit bei ANTIGONE, EMILIA GALOTTI, MARIA STUART und so vielen anderen? Erkennen sie die "Strafe", die ihnen angeblich zu teil wird, als solche an? Beugen sie sich, wenn auch widerstrebend, vor der sittlichen Übermacht dessen, der sie straft? Ist ihnen überhaupt die Macht, der sie unterliegen, eine sittliche?—Das Gegenteil ist der Fall. Also ist ihre "Strafe" thatsächlich keine Strafe. Die Wirkung in ihrem Innern, die allein der strafende sittliche Wille—wenn ihnen ein solcher gegenübersteht—wollen kann, bleibt unerreicht.—Damit haben auch wir die sittliche Befriedigung, die uns die Strafe gewähren soll, nicht gewonnen. Denn auch unser sittliches Bewußtsein, wenn es nicht vielmehr sittliche Verblendung ist, kann nur durch das Böse am Menschen verletzt, also auch nur dadurch befriedigt oder wiederhergestellt werden, daß dies Böse, daß das böse Wollen des Menschen durch die Strafe getroffen, und wenn es möglich ist, aufgehoben wird.

Doch es scheint, wir haben hier noch eine Möglichkeit außer Acht gelassen. Noch in anderer, als der eben bezeichneten Weise kann die "Strafe" sittliche Bedeutung haben: Sie wendet sich nicht gegen das böse Wollen in dem "Gestraften", sondern gegen das Böse oder Nichtseinsollende in der sonstigen Welt. Sie schreckt ab oder sie ermöglicht die Verwirklichung eines höheren, über die einzelne Persönlichkeit hinausgehenden sittlichen Zwecks.

Zunächst nun verdient auch diese "Strafe" den Namen Strafe nicht mehr.—Sollte die Schuld- und Straftheorie dennoch diesen Strafbegriff im Auge haben? Wer sind dann die Abgeschreckten? Wir, die Zuschauer? Werden wir bei manchen tragischen Helden nicht vielmehr wünschen, es ihnen an sittlicher Stärke und edler Leidenschaft gleichthun zu können? Oder wenn wir von dem abgeschreckt werden, was an ihrem Thun unvollkommen ist, werden wir dann nicht auch vor dem, was daran edel ist, zurückschrecken müssen, da doch ihr Thun als Ganzes die "Strafe" zur Folge hat?—Und welches sind die "höheren sittlichen Zwecke", deren Verwirklichung durch die Bestrafung der Helden ermöglicht wird?

Vergessen wir aber bei solchen Fragen eines nicht. Von der erhebenden Wirkung der *Tragödie* ist hier die Rede. Soweit die Strafe als Mittel der Abschreckung oder der Verwirklichung höherer sittlicher Zwecke an dieser Wirkung teil haben soll, muß beides, die Abschreckung und die Verwirklichung höherer Zwecke, in der *Tragödie* uns entgegentreten. Wo aber findet dergleichen statt? RICHARDs III. Fall führt eine glücklichere Zeit herbei. Aber gerade diese Wendung der Dinge gehört nicht mehr zur Tragödie als solcher. Und wie steht es in der Hinsicht mit den oben erwähnten Tragödien?

So kann uns jener "höhere", weil "strengere" moralische Standpunkt von unserem Widerspruche gegen die Schuldtheorie oder die Theorie der poetischen Gerechtigkeit nicht bekehren.

DIE "SITTLICHE WELTORDNUNG".

Es giebt aber einen anderen, nicht nur strengeren, sondern umfassenderen oder weitsichtigeren und *darum* "höheren" Standpunkt, der jene Theorie zu rechtfertigen scheinen könnte. Suchen wir uns auch diesen Standpunkt verständlich zu machen.

Von Natur, so etwa könnte der Vertreter dieses Standpunktes sich vernehmen lassen, sind wir geneigt, unser sittliches Urteil zunächst auf das Einzelne und das Individuum zu beziehen. Indem wir uns als Persönlichkeit fühlen und uns das Recht unserer Persönlichkeit zuschreiben, können wir nicht umhin, auch anderen das Recht ihrer Persönlichkeit zuzuerkennen. Das Individuum, meinen wir, dürfe sich als solches bethätigen und sein Wollen, sofern es ein an sich gutes sei, behaupten, auch gegen die Schranken, die ihm die objektive Welt entgegenstellt, und in leidenschaftlichem Kampfe gegen dieselben. Nicht ihm, sondern der unvollkommenen Wirklichkeit falle die Schuld zu, wenn das Individuum mit seinem guten Wollen in diesem Kampfe untergehe.

Aber dieser Standpunkt, so meint man, bestehe nicht vor einer höheren Einsicht. Über dem Einzelnen stehe das Allgemeine, über dem Individuum der Zusammenhang der Welt, über dem individuellen Wollen die objektive Ordnung der Dinge. Nicht im Individuum, sondern im Ganzen, der Welt und ihren Ordnungen verwirkliche sich der "Weltgeist", die "Idee", das "Absolute". Und nur die Idee oder das Absolute habe ein absolutes Recht. Wer sich in "einseitigem" Wollen, in einseitiger Betonung seiner Persönlichkeit gegen die Ordnung der Dinge auflehne, lehne sich gegen die Idee auf und verfalle in Schuld. Und diese Schuld müsse sich rächen. Die Idee negire, die Wirklichkeit verschlinge den Schuldigen, und von Rechtswegen. Wir mögen seine Vernichtung menschlich beklagen, aber mit der Klage verbinde sich das erhabene und erhebende Bewußtsein von der siegenden Allgewalt der Idee. In diesem Bewußtsein, dem ehrfurchtsvollen Schauer vor der Idee, bestehe der Genuß der Tragödie.

Viel Wahres ohne Zweifel liegt in solchen Worten oder kann in ihnen liegen. Viel Unwahrheit aber, viel Mißverständnis kann sich dahinter verbergen. Und mit je größerem Pathos die Worte auftreten, um so größer ist die Gefahr des Mißverstandes.—Andererseits fragt es sich, wie viel von der Wahrheit, die in ihnen liegt, auf die Tragödie Anwendung findet.

Was meint man denn mit jener "objektiven Ordnung" der Dinge, deren Verletzung Sünde sei? Ist es die Ordnung der Dinge, so wie sie ist, der thatsächliche Bestand der Welt? Diese Ordnung der Dinge bekämpft und verletzt jedes menschliche Wollen und Handeln, nicht nur das des tragischen Helden. Jedes Wollen geht auf Veränderung des Weltbestandes. Was wirklich ist, das brauchen wir nicht erst zu wollen und wollend herbeizuführen. Die *Gesetze* der Wirklichkeit freilich, die hebt unser Wollen nicht auf; die aber tastet auch das Wollen des tragischen Helden nicht an.—Wäre die objektive Ordnung so gemeint, und die Verletzung dieser objektiven Ordnung Sünde, so wäre jedes Wollen sündhaft und strafwürdig. Das Dasein des Individuums wäre das Nichtseinsollende. Die "absolute" Moral schlüge in die Moral der Selbstvernichtung um.

Indessen dies ist nicht die Meinung der Theorie, oder braucht sie nicht zu sein. Nicht jedes Wollen soll sich versündigen, wohl aber dasjenige, das seine "natürlichen und sittlichen Schranken" überschreitet. Aber was heißt dies? Ich kann zunächst die *natürlichen* Schranken meines Wollens in verschiedenem Sinne überschreiten. Ich will oder unterfange mich zu thun, was ich nicht hinausführen kann. Wenn ich aber im Voraus nicht weiß, oder nicht wissen kann, welche Umstände mein Wollen durchkreuzen werden, wenn der Zufall meine Absichten scheitern läßt?—Dann ist es lobenswert, daß ich gewollt habe, wenn und in dem Maße, als Ziel und Motiv meines Wollens löblich waren. Oder ich vertraute auf meine Kraft; auch solches Selbstvertrauen ist gut. Ja selbst, wenn mich der heftige Drang eines nicht unedlen Wollens der besseren Verstandeseinsicht zum Trotz an die Möglichkeit der Erreichung des Zieles glauben und in diesem Glauben handeln läßt, so hat dies größeren inneren Wert, als wenn es der kühlen Einsicht so leicht gelungen wäre mich zur Aufgabe meines Wollens zu bringen. Der Leichtsinn freilich, der die Augen schließt, wo die bessere Einsicht sich aufdrängt, der Übermut, das hartnackige Festhalten des sichtlich Unmöglichen, sie verdienen Tadel. Aber immer bleibt auch hier das gute Wollen gut. Und nicht "streng", aber bei aller Strenge doch gerecht, sondern ungerecht wäre die Strafe, die nur jenes Tadelnswerte ansähe und den guten Kern des Wollens, das Treibende der guten Gesinnung für nichts achtete.

Doch in dem Falle, von dem wir ausgingen, und vielen anderen, handelt es sich ja um kein Wollen, das in diesem Sinne seine natürlichen Schranken überschritte. ANTIGONE will nicht, was nicht in ihrer Macht läge. Sie will an ihrem Bruder die letzte Liebespflicht üben und sie übt sie. Nicht minder vollbringen MARIA STUART und EMILIA GALOTTI, was sie wollen.

Nur in einem völlig anderen Sinne *stoßen* überhaupt die genannten, ebensogut wie alle tragischen Helden, mit Schranken ihres Wollens *zusammen*. Indem sie ihr Wollen verwirklichen, kommen sie in Konflikt mit der Macht des Schicksals und der Macht der Menschen, die für sie das Schicksal bedeuten. Sie beugen sich nicht vor solcher Macht; darum gehen sie unter. Daß sie sich nicht beugen, darin besteht ihr "Überschreiten der natürlichen Schranken"; sie sind "unmäßig" oder "übermäßig" in ihrem Wollen, wenn in der Geneigtheit, vor der Macht sich zu beugen, das "Maß" besteht. ANTIGONE bleibt bei ihrer Liebe dem Tyrannen KREON zum Trotz; darum muß sie sterben. MARIA STUART, deren Frauenwürde mit Füßen getreten wird, richtet sich stolz auf gegen ihre Feindin und entscheidet damit ihr Schicksal. Und auch EMILIA GALOTTI brauchte nicht zu sterben, wenn sie nicht ihre Unschuld gegen den Prinzen, in dem sich die Macht der Verführung mit der äußeren Macht vereinigt, aufrechterhalten wollte. Ist solche "Unmäßigkeit" des Wollens Sünde, dann allerdings sind alle die Genannten schuldig.—In der That ist es vielfach nichts anderes, als diese "Unmäßigkeit", die man den tragischen Helden zur Last zu legen weiß. Die "absolute" Moral, sie schlägt hier schließlich um in die bekannte Moral FALSTAFFs, nur daß FALSTAFF an der Stelle des Wortes Unmäßigkeit oder Übermaß, das weniger philosophisch klingende Wort "Vorsicht" gebraucht, und daß bei ihm die Vorsicht nur der bessere Teil der Tapferkeit, nicht wie hier, der bessere Teil aller Tugend überhaupt ist.

Es ist eben die ganze Theorie der Versündigung durch Verletzung natürlicher Schranken ein Widerspruch in sich selbst. Nicht was ist, ist heilig, sondern was ist, wie es sein soll. Dies ist keine Wahrheit, die man zu beweisen brauchte, sondern eine Tautologie. Nicht durch Verletzung dessen, was ist, nur durch Verletzung dessen, was sein soll, kann ich mich versündigen.

Es giebt aber freilich eine Stufenordnung dessen, was sein soll; ein System einander unter- und übergeordneter sittlicher Zwecke. Ein Inhalt meines Wollens mag an sich gut sein, aber er widerstreitet einem höheren sittlichen Zweck; dann ist mein Wollen doch böse. Jene Stufenordnung sittlicher Zwecke, jene Ordnung des Seinsollenden, das ist die *sittliche* Weltordnung. Ihr entspricht die natürliche Ordnung der Dinge, oder sie entspricht ihr nicht. Soweit sie ihr entspricht, ist in der natürlichen Ordnung der Dinge die "Idee" verwirklicht. Oder was sollte die Idee anders sein, als der Inbegriff oder die Einheit des Seinsollenden. Die Verletzung dieser sittlichen Weltordnung, oder der natürlichen, soweit sie mit der sittlichen sich deckt, die nur ist Auflehnung gegen die Idee und ist Sünde.

Erst von hier aus kann die Frage gestellt werden, in wiefern doch am Ende auch das beste Wollen der tragischen Helden Verschuldung in sich schließen könne. Zugegeben, daß

ANTIGONEs Wollen auf Edles gerichtet war. Aber hätte sie nicht durch die Rücksicht, zwar nicht auf KREONs Macht, aber doch auf das Wohl oder die Würde des Staates, dessen Herrscher er ist, sich abhalten lassen müssen, die Pflicht zu üben, die ihr die Liebe and das Gebot der Götter auferlegten? Hat nicht vielleicht MARIA STUART durch ihre Art der ELISABETH entgegenzutreten an der Zukunft ihres Volkes, an der Weltgeschichte, der Entwickelung der Menschheit oder dergl. sich versündigt? Und EMILIA GALOTTI und DESDEMONA? Ließe sich nicht auch bei ihnen ein frevelhafter Eingriff in die sittliche Weltordnung auffinden?—obgleich wir einstweilen nicht wissen, wo er gefunden werden sollte.

Hier gilt zunächst ein Einwand: es giebt keine Pflicht, die über die Pflicht der Aufrechterhaltung der eigenen sittlichen Persönlichkeit ginge, keinen sittlichen Zweck, dem die eigene sittliche Würde geopfert werden müßte, keine Forderung: Wirf dich selbst weg, damit für die Welt Gutes daraus entstehe.

Aber dies ist uns hier nicht das Wesentlichste.—Wo ist denn in SOPHOKLES' ANTIGONE der Staat, das Staatswohl, die Staatswürde? Wo pflegen denn in Tragödien überhaupt die Welt, die Weltgeschichte, die Menschheit aufzutreten? Die Frage klingt trivial. So trivial sie klingt, so entscheidend ist sie.

Wir kommen damit von neuem auf den eigentlichen Grundirrtum aller Weltanschauungstheorien. Das Kunstwerk, so sahen wir, repräsentiert eine Welt für sich und nichts geht uns bei seiner Betrachtung an und kann für seine Beurteilung in Betracht kommen, was nicht eben dieser Welt angehört. Dabei muß es bleiben, mag nun das Nichtdazugehörige Staat, Volk, Welt, Weltgeschichte, Weltordnung oder sonstwie heißen.

Ich suche diese Wahrheit, weil sie von so großer Wichtigkeit ist, hier noch an einem Beispiel aus einem anderen Kunstgebiet zu illustrieren. Was würde man sagen, wenn jemand bei der Betrachtung einer Bauernscene von ADRIAN VAN OSTADE Reflexionen darüber anstellte, ob die Bauern auf dem Bilde nicht besser thäten zu arbeiten und für ihr und ihrer Familie gedeihliches Fortkommen zu sorgen, als so den Tag zu verlungern; ob sie durch ihre Trägheit nicht Pflichten verletzen gegen ihre Dorfgemeinde, gegen den Staat, schließlich gegen die Menschheit?—

Ich denke die Antwort wäre einfach genug. Man würde—entweder dem Lästigen den Rücken kehren, oder ihn folgendermaßen zu belehren suchen. Die Bauern auf diesem Bilde, so würde man sagen, sind, wie du siehst, nicht wirkliche, sondern gemalte, nicht der Welt der Wirklichkeit, sondern der Welt des Bildes angehörige Bauern, und als solche können sie keine Verpflichtungen verletzen, als solche, die ihnen im Bilde entgegentreten und da von ihnen verletzt werden. So ist beispielsweise keine Gefahr, daß sie durch ihr Gebahren irgend eine, irgendwo in der wirklichen Welt vorhandene Dorfgemeinde schädigen. Sie können dies so wenig, als diese Dorfgemeinde sie in ihrer Trägheit und ihrem Behagen zu stören vermöchte. Das eine wie das andere könnte nur geschehen, wenn auch die Dorfgemeinde auf dem Bilde gegenwärtig wäre, also Bauern und Dorfgemeinde derselben Welt künstlerischer Darstellung angehörten, und wenn zugleich der Konflikt zwischen beiden mitgemalt wäre, oder aus der Darstellung ohne freie Zuthat des Beschauers einleuchtete.

Die Erde, so könnte der Belehrende verdeutlichend fortfahren, ist, wie du weißt, vom Monde sehr weit entfernt, so weit, daß von uns Erdbewohnern eine Berücksichtigung der Zwecke der etwaigen Mondbewohner mit Fug und Recht nicht verlangt werden kann.

Sehr viel größer aber noch ist die Entfernung zwischen der Welt dieses Bildes und der Welt der Wirklichkeit, oder unserer die Wirklichkeit betreffenden Gedanken. Sie ist genau so groß, wie überhaupt die Entfernung zwischen der Welt der Objekte, die nur in der Phantasie und für sie existieren, von der Welt der Wirklichkeit zu sein pflegt, nämlich unendlich groß. Es besteht eine absolute Kluft zwischen beiden Welten, die jeden Weg zwischen ihnen und jede Wechselwirkung völlig ausschließt. Diese Kluft ist, obgleich sie ohnehin einleuchtet, doch zum Überfluß versinnlicht durch den Rahmen des Bildes. In den Rahmen ist das Bild eingeschlossen, er schließt die Welt des Bildes ab. Damit ist uns gesagt, bis wohin bei Betrachtung des Bildes unsere Gedanken reichen sollen.

Was dann das Bild wolle?—Es will behagliches, sorgloses, humorvolles Dasein vor Augen stellen. Glück in der Beschränkung, auch wohl in der Beschränktheit. Den Wert, den dieses Glück an sich, so wie wir es da sehen, besitzt, nicht im Zusammenhang der Welt und Weltordnung, von dem nun einmal hier keine Rede ist, sondern abgesehen davon, diesen Wert will uns das Bild eindringlich machen und genießen lassen. Eben dazu ist es da, diese Heraushebung und Isolierung zum Zweck des reinen durch keine Weltrücksichten gestörten Genusses macht es zum Kunstwerk.—

Ganz ebenso nun, wie mit diesem Bilde, verhält es sich auch mit der Tragödie. So wie jene OSTADEschen Bauern keine Pflichten verletzen können, außer solchen, die ihnen im Bilde entgegentreten und da von ihnen verletzt werden, so können sich die Personen einer Tragödie an keinem Staat oder Volk, keiner Welt, Weltgeschichte oder Weltordnung versündigen, außer soweit der Dichter dergleichen in der Tragödie, in den Personen, ihren Worten und Handlungen sich verkörpern oder zur Darstellung gelangen läßt, und sie versündigen sich dagegen immer genau soweit, als sie eben in der Tragödie, der sie nun einmal ausschließlich angehören, sich dagegen versündigen. Niemand fürchtet, wenn der Held auf der Bühne Drohungen ausstößt, für die Sicherheit des Theaterpublikums und bietet zu seinem Schutze die städtische Polizei auf. Hier ist man sich der absoluten Trennung zwischen der Welt des Kunstwerkes und der sonstigen Welt wohl bewußt. Man weiß, jene Welt reicht bis zur Umrahmung der Bühne und nicht weiter. So sollte man auch nicht dem Helden Konflikte aufbürden mit Momenten der sittlichen Weltordnung, die mit dem Kunstwerk genau so viel zu thun haben, wie das Theaterpublikum und die städtische Polizei.

Jetzt sehen wir ein, wie es sich mit dem "höheren" Standpunkt in Wahrheit verhält. Nicht im Leben ist unser sittliches Urteil eingeschränkt, dem Kunstwerk gegenüber aber weltumfassend, sondern völlig umgekehrt. Im Leben mögen und sollen wir jede Handlung hineinstellen in einen umfassenderen Zusammenhang; wir sollen sie schließlich betrachten unter dem Gesichtspunkte der ganzen Welt und ihrer sittlichen Ordnung. Im Kunstwerk dagegen ist sie hineingestellt und soll darum von uns hineingestellt werden in den Zusammenhang einer begrenzten Welt und ihrer sittlichen Beziehungen. Dies eben ist der Unterschied zwischen der praktisch sittlichen und der ästhetischen, darum nicht minder sittlichen Betrachtungsweise. Keine der Betrachtungsweisen ist ohne weiteres die "höhere". Sie sind zunächst nur verschiedene Betrachtungsweisen. Von der Einsicht in ihre Verschiedenheit hängt in jedem Falle das Verständnis des Kunstwerks in erster Linie ab.

Darnach lautet auch der Tragödie gegenüber jedesmal die Frage: Wie weit reicht die in ihr dargestellte Welt? Wo und wie weit insbesondere sind in den Personen der Tragödie Dinge, wie Staat und Volk, Welt, Weltgeschichte und sittliche Weltordnung verkörpert? Wie verhält sich in der Tragödie der Held zu ihnen und wie verhalten sie sich zum Helden? Daß ANTIGONE, weit entfernt, sich gestraft zu fühlen, bis zum Tode das menschliche und göttliche Recht ihrer Liebe behauptet, wurde schon betont. Ihre Liebe und der Götter Gebot, das ist zunächst *ihre* sittliche Weltordnung. Sie verletzt das Gebot des Herrschers. Aber auch den Staat und sein sittliches Recht? Wo ist der Staat? Wo in der Tragödie erscheint KREONs Gebot als Ausfluss seines sittlichen Rechtes? KREON selbst erkennt, daß er unrecht gehandelt hat. Er klagt sich deswegen an. Er beruft sich nicht auf das Recht des Staates, das er anerkennen müsse und das auch ANTIGONE hätte anerkennen müssen. Er beruft sich auf keine sittliche Weltordnung, die ihn zu seiner Handlungsweise nötige. Nicht als Vertreter des Rechtes oder der sittlichen Weltordnung hat er gehandelt, sondern als Frevler an Recht und Sittlichkeit. Auch für ihn vertritt ANTIGONE die sittliche Weltordnung. Also thut sie es thatsächlich, d. h. nach Meinung der Tragödie und des Dichters; sie thut es auch für uns, wenn wir das Kunstwerk nehmen, wie es ist.

Oder soll ANTIGONE am Schlusse der Tragödie als Närrin erscheinen, die an ihr heiliges Recht glaubt, wo sie gefrevelt hat, und ebenso KREON als Narr, der verzweifelt, wo er Grund hätte, erhabene Genugthuung zu verspüren, daß er gewürdigt sei, die sittliche Weltordnung wieder ins Gleiche zu bringen, so wie wir der Theorie zufolge Genugthuung verspüren sollen, wenn wir diese "poetische Gerechtigkeit" auf der Bühne sich vollziehen sehen. Ist SOPHOKLES' ANTIGONE als Posse gemeint? Will sie mit uns, die wir doch nicht umhin können, in ANTIGONEs Klage und KREONs Selbstanklage des Dichters Meinung und den Sinn des Kunstwerkes zu erkennen, ihr Spiel treiben?

Die gleiche Frage ließe sich sonst stellen. Auch OTHELLO, EMILIA GALOTTI, MARIA STUART sind Possen, der Mohr, der Prinz von Guastalla, ELISABETH, sie sind Narren, überall treibt der Dichter, ohne es zu sagen, sein Spiel mit uns, wenn die Selbstanklage der genannten Personen Selbstbetrug sein, wenn ein OTHELLO gar aus sittlichem Irrtum sich selbst töten soll.

Die Genannten sind keine Narren; der Dichter treibt nicht sein Spiel mit uns. Nur die Theorie der poetischen Gerechtigkeit macht sie zu Narren. Nur sie treibt ihr Spiel mit uns. Die "poetische Gerechtigkeit", sie ist in der That das Widerspiel aller Gerechtigkeit. Gott sei Dank, so müssen wir mit LESSING sagen, daß es noch eine andere Gerechtigkeit giebt, als die poetische.

DAS ENDE DER "POETISCHEN GERECHTIGKEIT".

Aber *soll* nicht etwa die poetische Gerechtigkeit etwas ganz anderes sein als die sonstige Gerechtigkeit? Gewiß, hören wir sagen, ist sie etwas anderes. Was sie auszeichnet, ist, daß sie nicht bloße *äußere* Gerechtigkeit ist, sich nicht lediglich in der äußeren Strafe vorverwirklicht. "Wie gelinde ist die Strafe der DESDEMONA, der CORDELIA für geringe Schuld; wie furchtbar die MACBETHs."—Und inwiefern dies?—"Die Schuld der Naiven kommt kaum zu ihrem Bewußtsein, Der Zuschauer muß das Gewissen für sie haben; so für LEAR, ROMEO und JULIA, OTHELLO, DESDEMONA, CORDELIA, OPHELIA."—

In der That eine sonderbare Art, die poetische Gerechtigkeit zu rechtfertigen. Oder heißt es nicht zum Unrecht den Hohn hinzufügen, wenn ich einen Menschen erst äußerlich über Gebühr "strafe" und dann damit tröste, daß ich ihm sage, er habe ja sein gutes Gewissen. Wird er nicht eben, weil er ein gutes Gewissen hat, ein Recht haben, die Strafe nicht als solche anzuerkennen, sondern als unverdientes Geschick abzuweisen?

Freilich, in den eben angeführten Worten ist vorausgesetzt, der Held befinde sich mit dem Bewußtsein seiner Schuldlosigkeit im Wahn. Was von diesem Gedanken zu halten sei, haben wir schon gesehen. Nicht nur die gestrafte Person müßte sich in jedem der angeführten Fälle in Selbsttäuschung befinden, sondern mit ihr zugleich das ganze Kunstwerk, dem sie angehört, und der Dichter, der dasselbe geschaffen hat. Der Zuschauer, der das Gewissen für den Helden hätte, hätte es zugleich für den Dichter und sein Werk. Er verbesserte, d. h. verfälschte die Tragödie nach seiner Idee von poetischer Gerechtigkeit.—Wir sehen hier die Gerechtigkeitstheorie genau auf dem Punkte angelangt, auf dem sich die pessimistische Theorie der Resignation befand, wenn sie die Resignation, weil nun einmal das Kunstwerk nichts davon wußte, der Reflexion des Zuschauers überließ.

Wenn wir aber davon absehen, was wäre das für eine "sittliche" Weltordnung, die die Strafe des Helden dadurch milderte, daß sie ihn in sittlicher Selbstverblendung ließe.—Wie sinkt die Theorie der poetischen Gerechtigkeit tiefer und tiefer mit jedem Versuche, sich zu retten.

Es ist aber von hier nur ein Schritt zur völligen Selbstaufhebung der Theorie. Der Schritt ist gethan, sobald auf die innere Strafe, überhaupt auf das, was im Bewußtsein der "Gestraften" vorgeht, das Hauptgewicht oder alles Gewicht gelegt wird; wenn wir hören, die poetische Gerechtigkeit walte gar "nicht im Physischen, sondern im Psychischen".

Ist es denn aber nicht so, so kann man fragen, daß die größere Strafe die innere Strafe, die Strafe des bösen Gewissens ist, daß andererseits die Tugend in sich selbst den Grund höchster Befriedigung, höchsten Glückes trägt? Darauf antworte ich, daß ganz gewiß in der *Tragödie* die innere Strafe nicht nur die größere, sondern daß sie diejenige ist, auf die es bei der Bestrafung des Bösen einzig *ankommt*; und daß ohne Zweifel die Guten, die vom Schicksal verfolgt werden, nur im Bewußtsein ihres guten Wollens ihren "Lohn" finden können. Aber was will das hier? Glaubt man die Theorie der poetischen Gerechtigkeit dadurch vor dem Bankrott bewahren zu können, daß man in dieser Zuteilung innerer Strafe und inneren Lohnes, die ja ganz gewiß immer nach "Verdienst" erfolgen wird, die poetische Gerechtigkeit findet?

Man hat in der That den Versuch gemacht,—ohne zu sehen, daß man damit der poetischen Gerechtigkeit einen völlig neuen Sinn gab und den Boden der Gerechtigkeits- oder Straftheorie ganz und gar verließ. Die Frage, um die es sich bei dem Streit um die poetische Gerechtigkeit handelt, ist ja doch einzig die und kann einzig die sein, warum der Held in der Tragödie vom *Unglück* verfolgt werde, unter den Schlägen des *Schicksals* leide und schließlich *physisch*untergehe. Darüber und nur darüber ist Streit, ob dies Leiden und dieser Untergang überall als Strafe für eine entsprechende Schuld zu fassen sei oder nicht.

Dagegen befinden wir uns auf völlig anderem Boden, sobald es als poetische Gerechtigkeit gepriesen wird, daß nicht nur die Bösen in der Marter des bösen Gewissens ihre innere Strafe, sondern auch die Guten, bei allen Schlägen das Schicksals, im Bewußtsein des Guten ihren inneren Lohn empfangen. Ja es ist damit die poetische Gerechtigkeit im eigentlichen und ursprünglichen Sinne des Wortes aufs entschiedenste *geleugnet*. Ist das Bewußtsein des Guten gerechter Lohn, also berechtigt, dann hat es ganz gewiß keinen Sinn mehr, das Leiden, das die Träger dieses Bewußtseins trifft, als verdiente Strafe zu fassen. Ist es aber nicht verdiente Strafe, so ist es unverdientes Geschick, also ein Geschehen, in dem sich gar keine Gerechtigkeit, mithin auch keine poetische Gerechtigkeit verwirklicht. Die Theorie ist damit in ihr Gegenteil umgeschlagen. Natürlich streiten wir gegen diese in ihr Gegenteil umgeschlagene Theorie nicht mehr.

Wir streiten ebenso wenig gegen diejenige Theorie der poetischen Gerechtigkeit, die unter poetischer Gerechtigkeit *von vornherein*, freilich wiederum ohne davon ein Bewußtsein zu haben, etwas versteht, das mit Gerechtigkeit irgend welcher Art, darum auch mit poetischer, gar nichts zu thun hat. Nur gegen den unberechtigten Wortgebrauch und die daraus notwendig entstehende Verwirrung kämpfen wir auch in diesem Falle.

Es giebt eine für das poetische Kunstwerk überhaupt, vor allem aber für die Tragödie giltige Forderung der poetischen *Begründung* oder *Motivierung*. Das Schicksal des Helden muß sich, wie aus den Umständen und dem Charakter derjenigen, die ihm das Schicksal bereiten, so auch aus seinem eigenen Charakter und Handeln auf begreifliche Weise ergeben. Sein Leiden und Untergang muß zufolge der Art, wie er auftritt und sich geberdet, möglich erscheinen, nicht in dem bloß logischen Sinne, daß wir die Unmöglichkeit nicht behaupten können, sondern in dem ästhetischen Sinne, daß uns nach gewohnter Vorstellungsweise einleuchtet, *wie* es bei solchem Verhalten, zugleich unter Voraussetzung solcher Umstände und eines solchen Charakters der Gegner, so habe kommen *können* und am Ende kommen *müssen*.

Diese Forderung nun und nichts anderes meinen einige, wenn sie die Forderung der poetischen Gerechtigkeit stellen, nur daß sie sich über ihre eigene Meinung täuschen. Sie verwechseln die sachliche oder psychologische mit der moralischen Begründung und schieben jener diese, ohne es zu wissen, unter. Auch der Held, nicht die Umstände und Gegner allein, ist an seinem Schicksal "Schuld", so nämlich wie der Regen "Schuld" ist am Wachstum der Pflanzen, oder die Dürre "Schuld" ist an ihrem Verwelken, d. h. er ist *Mitursache* desselben. Aus diesem Schuldsein macht man ein Schuldigsein. Der Held der gewiß jederzeit an seinem Tod mit "Schuld" ist, wird "des Todes schuldig". Damit ist die Theorie der poetischen Gerechtigkeit geboren. Sie beruht schließlich auf einem Wortspiel.

Hiermit nehmen wir Abschied von der Theorie der poetischen Gerechtigkeit und zugleich überhaupt von den Theorien der Tragödie, die in dem Kunstwerk statt des Kunstwerkes ihre Weltanschauung suchen und finden. Der Vollständigkeit halber wäre auch noch diejenige Theorie zu erwähnen gewesen, die den Helden und den Zuschauer mit dem ausgleichenden, *besseren* bzw. für den Bösen schlimmeren Jenseits tröstet. Aber dagegen ist nichts Neues zu sagen. Wir wissen, daß die Tragödie abschließt, wo sie abschließt. Läßt sie der Dichter, wie im "Faust", im Jenseits abschließen, dann und nur dann kann sie auch für uns im Jenseits abschließen. Dann aber braucht man uns nicht mehr mit der *Aussicht* auf das Jenseits zu trösten.

DIE "VORÜBERGEHENDE SCHMERZEMPFINDUNG".

So gewiß nun die vorher fertigen Weltanschauungen die ärgsten Feinde des Verständnisses der Tragödie sind, so wenig ist damit gesagt, daß man nicht auch durch sonstige fertige Theorien dies Verständnis hinreichend schädigen könne. Vor allem fertige psychologische Theorien sind dafür wohl geeignet. Ich will es nicht unterlassen ein Beispiel einer solchen Theorie hier besonders namhaft zu machen.

Der Gedankengang der Theorie ist folgender. Sie setzt als zugestanden voraus, daß die Freude am Tragischen auf dem gemeinsamen Boden der Freude am Schmerz beruhe. Von da aus sucht sie nach einem allgemeinen Zusammenhang zwischen Freude und Schmerz. Sie findet einen solchen in der Thatsache, daß Aufhören des Schmerzes positives Wonnegefühl sei. Daraus ergiebt sich der Schluß, daß vorübergehende Schmerzempfindung Mittel sei zur Erzeugung der Wohlempfindung.

In verschiedener Art nun kann aus vorübergehendem Schmerz Wohlempfindung entstehen. Auf einer ersten Stufe bin ich selbst Träger des Schmerzes. Mein eigener Schmerz vergeht, und dies erweckt mir Freude.

Auf einer zweiten Stufe erfährt ein anderer einen körperlichen Schmerz. Dieser Schmerz kann für mich Grund der Wohlempfindung werden nur, wenn ich ihn mitempfinde, wenn auch mein eigener Körper von dem Schmerz "durchschauert" wird. "Daher kommt es, daß der Indianer, der sein Opfer martert, erst dann in Jubel ausbricht, wenn das Opfer zu wimmern und zu schreien anfängt."

Es ist die Grausamkeitswollust, die hier erklärt werden soll. Aber es ist leicht zu sehen, wie schon hier die Theorie zur Erklärung dessen, was sie erklären will, unvermögend ist. Die vermeintliche Erklärung aus der Theorie ist in Wirklichkeit eine Aufhebung der Theorie. Der Indianer freut sich, wenn das Opfer wimmert und schreit. Das Wimmern und Schreien ist aber gewiß nicht Zeichen des aufhörenden, sondern des jetzt erst recht fühlbar werdenden Schmerzes. Es soll ja bewirken, daß nun auch der Körper des Marternden vom Schmerz "durchschauert" wird. Wie ist dies möglich, wenn nicht der Marternde daraus den höchsten Grad des Schmerzes herausliest.—Und *indem* der Marternde vom Schmerz durchschauert wird, indem er also den Schmerz nachempfindet, jubelt er. Sonach ist das *Dasein* des Schmerzes, beim Marternden sowohl wie beim Opfer, nicht das Entschwinden desselben, Grund des Jubels. Das Entschwinden aber müßte ihn erzeugen, wenn die Theorie hier am Platze sein sollte.

Offenbar erklärt sich der in Rede stehende Thatbestand auf ganz andere Weise. Es hat keinen Sinn zu sagen, der Marternde juble, weil er vom Schmerz des Opfers durchschauert wird. Die Mitempfindung des Schmerzes ist nun einmal nicht Freude, sondern selbst Schmerzempfindung. Und auch der Schmerz des Opfers selbst, und abgesehen von dieser Mitempfindung, kann nicht Gegenstand, sondern nur mittelbarer Grund der Empfindung der Freude sein. Er ist es, sofern dem Marternden in der Wahrnehmung desselben seine *Fähigkeit* Schmerz *zuzufügen*, seine *Überlegenheit* über das Opfer zum unmittelbaren Bewußtsein kommt. Physischer Schmerz ist dasjenige, wogegen sich jedes lebende Wesen zunächst und am allersichersten sträubt. Indem ich solchen Schmerz zufüge, erweise ich mich somit in besonderer Weise dem fremden Wesen übermächtig oder als Herr über dasselbe. Ich gewinne damit ein Kraft- und Selbstgefühl eigener Art. Vollständig aber kann dies erst zur Geltung kommen, wenn ich auch den *moralischen* Widerstand des Opfers gebrochen, auch den Stolz oder Trotz niedergezwungen habe, der es hindert, seinen Schmerz zu*äußern*. Und davon giebt mir das "Wimmern und Schreien" Zeugnis.—Dies ist der Grund, warum der Indianer erst jubelt, wenn das Opfer wimmert und schreit. In dem jedem Menschen natürlichen und wohlberechtigten Streben nach Erhöhung des Gefühls eigenen Könnens und eigener Macht liegt der einzige positive Grund der Grausamkeitswollust. Wie überall, so ist auch hier, das was der verwerflichen Handlung Positives zu Grunde liegt, an sich nicht verwerflich; das was sie verwerflich oder moralisch häßlich macht, ein lediglich Negatives. Es ist in unserem Falle der Mangel der Achtung vor der fremden Persönlichkeit und ihrem unverletzten Bestande, der *Mangel* also an wirksamer schmerzlicher *Mitempfindung*, wenn sie verletzt wird.

Darnach erscheint schließlich der Grund der Grausamkeitswollust als gerade der entgegengesetzte von demjenigen, den die Theorie angiebt. Der Indianer jubelt und kann jubeln nur darum, weil er *nicht* in dem Maße, wie er es sein könnte und sollte, von dem Schmerz seines Opfers "durchschauert" wird, weil ebendeswegen der Genuß des erhöhten Macht- oder Selbstgefühls unvermindert oder relativ unvermindert in ihm zur Geltung kommen kann. Nur wenn man unter dem Durchschauertwerden etwas völlig anderes versteht, als die Mitempfindung des Schmerzes, nämlich eben die fühllose oder über das Mitgefühl siegende Genugthuung über die eigene Überlegenheit, nur dann kann auch das *Durchschauertwerden* als Grund des Jubels bezeichnet werden.

Auf einer dritten Stufe der Freude am Schmerz, so erfahren wir weiter, trete an die Stelle des Schmerz empfindenden Körpers das Bild desselben. Hier sei die Freude am Schmerz bereits eine aesthetische. Als Beispiele von Gegenständen solcher Freude werden die "Passions- und Marterdarstellungen des 14. und 15. Jahrhunderts" angeführt. Sie werden, so meint unser Aesthetiker, von diesem Standpunkt aus Gegenstand einer milderen Beurteilung.

Auch hier muß ich bekennen durchaus nicht zu verstehen, wie die Freude am Schmerz als eine Art des Wonnegefühls bezeichnet werden könne, das mit dem Aufhören des Schmerzes sich verbinde. Jene bildlichen Darstellungen *verewigen* ja eben für unsere Betrachtung den Schmerz. Oder ist die Meinung, der Betrachter der Darstellungen erlebe es, daß in ihm eine schmerzliche Mitempfindung erst erweckt werde, dann schwinde? Gewiß müßte dies der Fall sein, wenn in *ihm* das mit dem Aufhören des Schmerzes verbundene Wonnegefühl entstehen sollte. Wie aber sollte dies geschehen. Ohne Zweifel schwindet unser Gefühl des Schmerzes, oder wohl auch des Widerwillens, wenn wir uns vom Anblick der Marterdarstellungen wegwenden und sie vergessen; und wir mögen dann ein sehr angenehmes Gefühl der Erleichterung und Befreiung haben. Aber dies Gefühl ist doch nicht Genuß an den *Darstellungen*.

In der That hat auch unsere Freude an jenen Passions- und Marterdarstellungen, soweit sie vorhanden ist, einen ganz anderen Grund. Sie ist Eines mit der Freude am Außerordentlichen, in besonderer Weise die Phantasie Packenden und Erregenden, von der gleich die Rede sein wird. Oder aber sie ist wirklicher tragischer Genuß, d. h. eine Art des Genusses, die von der hier in Rede stehenden Theorie in keiner Weise getroffen wird.

Der Theorie zufolge aber soll eben dieser eigentlich tragische Genuß erreicht werden auf der vierten Stufe unserer "Freude am Schmerz." Das Besondere dieser Stufe ist, daß wir den *seelischen* Schmerz nachempfinden, den wir in einem Anderen vorstellen. Dieser seelische Schmerz, so wird uns gesagt, ergreife uns am tiefsten, wenn wir für die Persönlichkeit Sympathie empfinden. Die Wirkung werde die höchste sein, wenn das Leiden die Folge von Situationen and Handlungen sei, die wir auch um ihrer selbst willen als berechtigt anerkennen. "Das Mitleid würde in diesem Falle sich jedoch zu wahrhaftem Entsetzen steigern müssen, und die beabsichtigte Wirkung, die Befreiung von dem Schmerzgefühl, in uns durch ein zurückbleibendes Gefühl der Bitterkeit beeinträchtigt werden, wenn nicht das vorgestellte Leiden dadurch begründet wäre, daß auch die Ursache, welche das Leiden zur Folge hat, an sich gleichfalls berechtigt ist. Hierdurch erscheint das Leiden als ein zwar schmerzliches, aber notwendiges, in seinen Gründen tiefer liegendes".

Ich frage wiederum: Wo ist das Moment, auf das für die Theorie alles ankommt, das Verschwinden des Schmerzes? Wieso "befreit" die Tragödie vom Schmerz? Der Held stirbt ja freilich schließlich und damit endet sein Leid. Aber auch unser Mitleid? Ist denn nicht auch der Tod selbst, umsomehr, je wertvoller das Dasein ist, das er endet, Gegenstand unseres berechtigten Schmerzes? Wie werden wir von diesem Schmerz befreit? Soviel ich sehe, einzig durch das Fallen des Vorhangs und die Rückkehr ins Leben. Vorausgesetzt ist auch dabei noch, daß das Ende des Stücks uns das Stück völlig vergessen läßt. Indem wir von der Tragödie erlöst sind, die uns den Schmerz bereitete, sind wir von dem Schmerz befreit. Der Zweck der Tragödie besteht dann darin, daß sie zu Ende geht und vergessen wird. Der hat von der Tragödie den vollkommensten Genuß, der beim Herausgehen aus dem Theater aus vollster Seele rufen kann: Gott sei Dank, daß das überstanden ist.

Natürlich ist dies nicht die Meinung der Theorie. Es ist nur ihre notwendige Konsequenz. Daß die Meinung eine völlig andere ist, zeigen die angeführten näheren Bestimmungen, die vom Standpunkte der Theorie keinen rechten Sinn geben. Der tragische Held soll mit den Handlungen, durch die er sein Leiden herbeiführt, im Rechte sein, damit unsere schmerzliche Mitempfindung sich steigere. Andererseits sollen auch diejenigen, die ihm feindlich entgegenstehen, im Rechte sein, damit kein Gefühl der Bitterkeit in uns zurückbleibe. Aber warum soll das Gefühl der Bitterkeit in uns *zurückbleiben*, und nicht vielmehr, ebensowohl wie die schmerzliche Mitempfindung weichen und dem Wohlgefühl der Befreiung platzmachen? Wäre dies letztere der Fall, so würde das Gefühl der Bitterkeit ja als eine wertvolle Beigabe zum Genuß der Tragödie angesehen werden müssen. Die Theorie läßt aber nicht einsehen, wiefern beide Gefühle hinsichtlich ihres Gehens oder Bleibens sich verschieden verhalten sollten.

In der That verhalten sie sich nicht verschieden. D. h. die schmerzliche Mitempfindung schwindet nicht, so wenig als die Bitterkeit schwinden würde. Die Tragödie will uns von jener Mitempfindung so wenig befreien, daß vielmehr die Dauer derselben Bedingung ihrer Wirkung ist. Nicht das Aufhören des Leidens, sondern das vorhandene und von uns mitempfundene Leiden ist in der Tragödie, wie bei jeder Tragik, der Grund unseres Genusses. Unser Schmerz ist nicht Vorläufer dieses Genusses sondern sein notwendiger Hintergrund.—Wir fragen jetzt: Wie ist dies möglich? Wie kann das Schmerzliche, Schreckliche, Furchtbare erfreuen?

DAS MITLEID.

Auf diese Frage kann zunächst eine Antwort gegeben werden, die nur eine nebensächliche Wahrheit in sich schließt, aber uns doch endlich auf festen Boden gelangen läßt. Man kennt die Freude, die vor allem Kinder und Ungebildete am Gruseligen und Gespensterhaften, die Freude, die rohere Naturen am Gräßlichen und Entsetzlichen haben. Diese Freude haben wir kein Recht, so ohne weiteres zu verurteilen. Das Positive an ihr, die Freude an dem, was aus der Alltäglichkeit des Lebens deutlich heraustritt, nach irgend einer Richtung die Grenzen des Gewöhnlichen überschreitet, und eben damit unsere Vorstellungsfähigkeit in besonderem Maße faßt und in Anspruch nimmt, diese Freude ist uns allen natürlich, und sie ist eben damit wohl berechtigt. Ihr Wert erhöht sich, wenn sie zur Freude wird an dem, was ein gesteigertes Maß von Wollen und Können verrät, was neue und ungeahnte Kräfte und Wirkungen, sei es Kräfte in der Natur oder im Menschen, uns vor Augen stellt.

Eben diese Freude nun findet auch in der Tragik ihre Stelle. Die Kraft und das gewaltige Maß sittlicher Leidenschaft in ANTIGONE gefällt; und auch RICHARDs III. frevelhafter Trotz besitzt, soweit darin außerordentliche Kraft menschlichen Wollens und Könnens, ungeheure Energie der Bethätigung einer Persönlichkeit zu Tage tritt, Wert, ästhetischen und, wenn man das Wort sittlich nicht ungebührlich enge nimmt, sittlichen Wert. Was ihn uns verabscheuungswert macht, ist nicht diese Kraft, sondern daß sie nicht eingedämmt und in Dienst genommen ist von Regungen und Leidenschaften höherer, menschlicher Art. Damit ist doch die Schönheit und Erhabenheit nicht aufgehoben, die dieser Kraft als solcher eignet.

Indessen die Frage ist, warum läßt das Kunstwerk, das doch nur die Schönheit zum Zweck hat, das Erhabene in RICHARD III. derart ins Böse verkehrt erscheinen? Warum läßt sie den Träger der reinen sittlichen Erhabenheit in ANTIGONE dem Leiden und Untergang verfallen? Was will das Verabscheuungswerte und Schmerzliche, das doch als solches das Gegenteil des Schönen ist, im Kunstwerke?—Da es nicht Zweck sein kann, so muß es Mittel sein.

Gehen wir von jetzt an Schritt für Schritt.—Ein Gegenstand, der uns lieb war, sei beschädigt, zerstört, vernichtet; ein prächtiger Baum sei vom Sturme geknickt, eine Gegend, die uns ans Herz gewachsen war, durch den Krieg zertreten. Dann empfinden wir den Wert des Gegenstandes deutlicher. Die Pracht des Baumes, das was uns die Gegend lieb und wert machte, kommt uns zu klarerem Bewußtsein; das Bild wird erhabener oder lieblicher in unseren Augen, als es zuvor war. So wird unser Verlust Gewinn, nicht thatsächlich, aber für unser Empfinden. Es mischt sich in unserem Gefühl des Bedauerns oder der Wehmut mit dem Schmerz um die Zerstörung ein erhöhtes Bewußtsein des Wertes, ein erhöhter und, eben durch den Schmerz, vertiefter Genuß. Die Wehmut wird zur süßen Wehmut, je mehr der Schmerz sich mildert, und doch das Bild des Gegenstandes klar vor unseren Augen bleibt.

Doch damit sind wir noch nicht eigentlich bei der Sache. Leblose Gegenstände leiden nicht; sie wissen nichts von dem Geschick, das in ihr Dasein eingriff, sie empfinden keinen Schmerz. Nur das Lebendige leidet, Leben hat man gesagt *sei* Leiden. Ganz sicher gilt das Umgekehrte: Leiden ist Leben. Das Glied meines Körpers, das keinen Schmerz mehr empfindet, erweist sich damit als abgestorben. Umgekehrt ist Schmerzempfindung Zeichen des Lebens. Die Zufügung des Schmerzes ist Schädigung, Vergewaltigung, kurz Negation des Lebens; die Empfindung desselben aber ist Reaktion des Lebendigen gegen die Schädigung und Vergewaltigung, also Lebensbethätigung, Lebensoffenbarung.—In der Kraft und Eigenart dieser Reaktion zeigt sich die Kraft und Art des geschädigten Lebens. Je intensiver, mannigfaltiger und feiner diese Reaktion, also die Schmerzempfindung bei einem Wesen ist, ein umso energischeres, reicheres und zarteres Leben offenbart sich darin.

Aber der Schmerz verrät nicht nur das Dasein und die Art des Lebens; vielmehr, wie nach Obigem die Zerstörung eines leblosen Objektes uns seinen Wert besser empfinden läßt, so bringt auch die Schädigung des Lebens, die uns im Schmerze sich kund giebt, den Wert dieses Lebens zu deutlicherem Bewußtsein. Wir wissen nun erst, was uns das Leben und der Träger des Lebens bedeutet. Auch hier gewinnt das Bild an Erhabenheit und Liebenswürdigkeit. Es gewinnt nur hier um so viel mehr, je mehr von Hause aus der Wert des Lebendigen den des Leblosen überragt.

Lebendiges und Lebloses wurden hier als sich ausschließende Gegensätze gefaßt. Diesen Gegensatz müssen wir nachträglich in gewisser Weise wieder zurücknehmen. Es bleibt dabei, daß Lebloses nicht leidet. Aber was leblos ist, kann unsere Phantasie mit Leben erfüllen. Dann wird es auch in gewisser Art leidensfähig. Die Schädigung seines Bestandes erscheint uns gleichfalls als eine Lebensschädigung, also als ein Leiden. So ist der Baum leblos und bleibt es; aber wir leihen ihm von unserem Leben; wir vermenschlichen ihn. Was ihn betrifft, erscheint damit als menschenähnliches Erleben und Leiden. Seine Verletzung oder Zerstörung wird für uns Gegenstand nicht des gleichen, aber eines ähnlich gearteten Interesses, wie der störende oder zerstörende Eingriff in menschliches Dasein. Auch sein Schicksal, so können wir, dem Folgenden vorgreifend sagen, mutet uns "tragisch" an.

Das Gefühl nun, in dem sich mit dem Weh, das die Wahrnehmung des Schmerzes bereitet, das erhöhte Bewußtsein des Wertes verbindet, den das geschädigte Leben besitzt, dies Gefühl können wir als *Mitleid* bezeichnen. Dabei müssen wir aber uns bewußt bleiben, daß es unendlich viele Arten, ich könnte besser sagen, unendlich viele Klangfarben des Mitleids giebt. Das schmelzende, weiche, weichliche Mitleid mag man mißachten. Es giebt aber daneben ein ernstes, erhabenes, kraftvoll erregendes Mitleid. So verschieden die Gegenstände des Mitleides, so verschieden ist das mit jenem Namen bezeichnete Gefühl.

Daran mag es zum Teil liegen, daß wenig menschliche Gefühle so mißverstanden worden sind, wie das Mitleid. Diejenige Erklärung, die den Ruhm größter Oberflächlichkeit für sich in Anspruch nehmen darf, macht aus dem Mitleid ein Leid, das in dem Beschauer durch eine Art Resonanz entstehe, verbunden mit dem angenehmen Bewußtsein, daß es ihm, dem Beschauer, *besser ergehe*. Dann allerdings wäre das Mitleid grober Egoismus. In Wahrheit ist es davon das gerade Gegenteil. Wir haben nicht Mitleid mit dem Nichtswürdigen, von dem wir meinen, daß ihm gerade recht geschehe. Um so sicherer mit demjenigen, den wir eines besseren Loses wert halten. Wir haben es überall in dem Maße, als uns der Leidende, indem wir ihn leiden sehen, und sein Leid mitempfinden, zugleich Wertschätzung, Achtung, Liebe abzunötigen vermag. Also liegt im Mitleid Bewußtsein des Wertes, Achtung, Liebe, nicht Bewußtsein eines materiellen, sondern eines Persönlichkeitswertes. Und es liegt darin erhöhtes Bewußtsein dieses Wertes, erhöht eben durch die Wahrnehmung des Leidens, das der Persönlichkeit widerfährt. Wertbewußtsein aber ist Genuß; Bewußtsein persönlichen Wertes Genuß der höchsten Art.

Dieses Mitleid meint LESSING, wenn er das Mitleid eine süße Qual nennt, und als Zweck des Trauerspieles bezeichnet. "Furcht und Mitleid" sagt sein Gewährsmann ARISTOTELES. Er meint die Furcht, daß auch uns, die Zuschauer, ähnliches Leid treffen könne. Diese Furcht läßt LESSING in seiner eigenen Betrachtung beiseite, und mit Recht. Denn, wie wir wissen, nicht was uns betreffen kann, sondern was die Gestalten der Dichtung betrifft, geht uns an, wenn wir in der Welt der Dichtung leben. Nicht unsere Reflexionen über das, was außerhalb des Kunstwerkes liegt, können die Wirkung des Kunstwerkes begründen, sondern nur das Kunstwerk selbst.

In der That nun ist das Mitleid die Empfindung, die angesichts *jedes* tragischen Objektes sich in uns einstellt. Es fragt sich nur, ob das Mitleid zur Bezeichnung jeder, auch der höchsten Art tragischer Empfindung *genügen* kann. Es fragt sich in jedem Falle, welcher Art das Mitleid sein wird.—Am besten ist es, wir lassen einstweilen den Namen dahingestellt. An dem Streit um Namen ist uns ja jedenfalls nichts gelegen.

GENAUERES ÜBER DIE BEDEUTUNG DES LEIDENS.

Bei aller Tragik vermittelt das Leiden den Genuß. Nach dem vorhin Gesagten muß es dabei überall zunächst darauf ankommen, *was für ein Individuum* es ist, das leidet; andrerseits, *wie tief* es leidet. Je edler das Individuum ist, um so Edleres kann in ihm durch das Leiden offenbar werden, und in seinem Werte uns zum Bewußtsein kommen. Je tiefer das Leiden geht, um so eindringlicher wird uns jenes Edle zum Bewußtsein gebracht. Was wollte uns das Leiden all der liebenswerten Gestalten, der ANTIGONE, GRETCHEN, OPHELIA, DESDEMONA bedeuten, wenn nicht das Bild ihrer Persönlichkeit, das uns durch das Leiden geoffenbart und zugleich menschlich näher gerückt und heller erleuchtet wird, eben dies liebenswerte wäre. Und was wären sie uns trotz ihrer Liebenswürdigkeit, wenn uns nicht das Leiden vergegenwärtigte, was für Persönlichkeilen es sind, in deren Dasein das Geschick so grausam eingreift, welches ganz anderen Geschickes wert. Eine gemeine Natur, die um ihr Leben klagte, wie ANTIGONE, oder um einen Tag, eine Stunde, einen Augenblick ihres Lebens bettelte, wie DESDEMONA, rührte uns nicht, wie ANTIGONE und DESDEMONA uns rühren. Das Letztere erweckte eher widrige Empfindungen. Und weder ANTIGONEs noch DESDEMONAs Untergang würde uns zu so menschlich warmem Anteil zwingen, wenn sie statt klagend und damit die Tiefe ihres Leidens an den Tag legend, mit kühler Resignation dem Tode die Hand reichten.—So wenig macht hier die Resignation und das resignierte Wegwerfen des Lebens den eigentlichen Sinn der Tragik, daß solcher Heroismus vielmehr die ganze Tiefe der Tragik zerstören müßte.

Im Gesagten liegt ein weiteres Moment im Grunde schon eingeschlossen. Was für ein Individuum es ist, das leidet und wie tief es leidet,—damit hängt unmittelbar zusammen die Art, *wie* das Individuum leidet, wie es das Leiden erträgt, oder sich dagegen verhält. Es offenbart sich ja vor allem in dieser Art sich zum Leiden zu verhalten das Wesen der Persönlichkeit; es offenbart sich darin zugleich die Tiefe des Leidens. Auch der LAOKOON der plastischen Gruppe nimmt das Leiden nicht mit Resignation auf sich, sondern kämpft dagegen an. Wie aber kommt gerade in diesem Kampfe gegen das Leiden die Kraft und Tüchtigkeit der Persönlichkeit zur Geltung. Auch hier wird uns zugleich der Wert der Persönlichkeit und ihres Lebens dadurch eindringlicher, daß es ein *Leiden*, daß es die drohende *Vernichtung* ist, gegen welche die Persönlichkeit so mächtig sich bäumt, und daß sie trotz alles Kampfes *untergehen* muß. Es fügt hier, wie in allen Fällen, das Bewußtsein des Leidens und Untergangs zur Freude an der Persönlichkeit, wie wir sie auch sonst verspüren könnten, etwas von der tieferen und wärmeren Empfindung der Liebe und Ehrfurcht.

So untragisch das Wegwerfen des Lebens bei ANTIGONE und DESDEMONA und nicht minder beim LAOKOON wäre, so tragisch ist es in anderen Fällen. ROMEO muß das Leben wegwerfen, so gewiß ANTIGONE es nicht darf. Wir kommen damit auf einen weiteren Punkt. Nicht nur, wer leidet, wie tief das Leiden geht und wie ihm der Leidende begegnet, bestimmt die Höhe und die Art des tragischen Genusses. Auch das ist von Bedeutung, *wovon* oder *worunter* der Held leidet, was der *Gegenstand* seines Leidens ist. Das Leiden meinten wir, lasse die Persönlichkeit offenbar werden. Das thut auch die Freude, der Jubel, das Lachen. "Sage mir, worüber Du lachst, und ich will Dir sagen, wer Du bist." Doch mehr als dies alles that es der Schmerz. Nichts läßt so sehr ins Innerste der Persönlichkeit, in den eigentlichen Kern ihres Wesens blicken, als die Schmerzempfindung; so wie wir in die Pflanze einschneiden, vielleicht sie zerstören müssen, um ihr innerstes Leben zu sehen. Eben dabei aber ist es wesentlich, *was* die Empfindung des Schmerzes erweckt.

Dies braucht nicht überall dasselbe zu sein. Es kann je nach Persönlichkeit und Schicksal der verschiedensten Art sein. Es ist bei ANTIGONE und ROMEO gegensätzlicher Art. Trotzdem ist es bei beiden positiver Faktor für unseren tragischen Genuß.

Wer sähe nicht mit liebendem oder ehrfürchtigem Anteil auf die Persönlichkeit, in der ein menschlich wertvolles Streben, eine edle Leidenschaft solche Macht gewonnen hat, daß die Persönlichkeit, um das Ziel ihres Strebens betrogen, des Gegenstandes der Leidenschaft beraubt, den Tod als Erlösung begrüßt? Nicht weil die Weggabe des Lebens an sich irgend etwas Erhebendes hätte. Wer um nichts, getrieben durch den Schmerz um eine wertlose Sache, sein Leben wegwürfe, erschiene uns nicht groß und erhaben, sondern jämmerlich. Sondern, weil sich in der Unmöglichkeit weiter zu leben die Tiefe eines edeln Schmerzes, und durch ihn hindurch die Größe einer edeln Leidenschaft kundgiebt.

Solcher Art ist der Schmerz ROMEOs. Dagegen ist, wie schon oben gesagt, für ANTIGONE eben die Aussicht auf den Tod der Gegenstand des Schmerzes. Sie hat ja ihr Ziel, die Erfüllung der Liebespflicht an ihrem Bruder, erreicht. So andersgeartet aber dieser Schmerz ist, so gewiß hat doch auch er sein menschlich Berechtigtes und menschlich Anmutendes. Es ist etwas Schönes, ja Entzückendes um ein Menschenkind, das jung und hoffend am Leben hängt, an das es glaubt und zu glauben sein gutes Recht hat. Wenn nicht für eine gewisse Art "philosophischer" Reflexion, so doch für das natürliche Gefühl, das ohne Einmischung solcher Reflexionen, von denen nun einmal eine ANTIGONE nichts weiß, sich dem Eindruck des Kunstwerkes hingiebt.

Darauf allein aber kommt es an. Vielleicht meint jemand, der klüger ist als ANTIGONE, auch sie würde, wenn sie weiter lebte, Enttäuschungen erfahren, die ihr das Leben nicht mehr so lebenswert erscheinen ließen. Dieser Einwand wäre in aller seiner Klugheit so thöricht, wie der andere, daß es doch für einen Menschen in der Lage ROMEOs auch solche Verpflichtungen gebe, die ihn hindern müßten das Leben preiszugeben. Wer so redete, mischte wiederum das Wirkliche und in der wirklichen Welt Mögliche oder Geforderte ins Kunstwerk und zeigte, daß ihm vom Sinne des Kunstwerkes auch noch nicht das Abc aufgegangen ist. In der Tragödie lebt nun einmal ANTIGONE nicht weiter; und von jenen Verpflichtungen ROMEOs ist in SHAKESPEAREs Stück keine Rede. Die Frage ist einzig: Ist ANTIGONEs Hängen am Leben aus ihrer Persönlichkeit, ROMEOs Preisgabe des Lebens aus der Stärke seiner Liebe begreiflich, und verspüren wir eine erhebende Wirkung von jener Persönlichkeit und dieser edlen Leidenschaft, wenn wir das eine und das andere, genau so wie es uns entgegentritt, und ohne alle Nebengedanken auf uns wirken lassen. Bejahen wir diese Frage, dann ist vielleicht weder ANTIGONE noch ROMEO in irgend welcher pessimistischen oder optimistischen Moralvorlesung als Musterbeispiel brauchbar. Ihr Wert im Kunstwerk wird doch dadurch um nichts verringert.

Indessen, so sehr wir berechtigt sind, was ANTIGONE leidet, und was den Gegenstand des Schmerzes bei ROMEO bildet, nebeneinander und unter einen Gesichtspunkt zu stellen, so wenig hat doch jenes und dieses Leiden dieselbe Bedeutung für die Tragödie. Daß ANTIGONE dem Tode entgegengeht, so wie sie es thut, macht sie zur tragischen Gestalt, darum noch nicht zur tragischen Heldin. Soll sie dies sein, so muß bei ihr noch ein Moment hinzukommen, das bei ROMEO in dem Gesagten bereits enthalten liegt.

Welches Moment dies ist, das kommt ans am leichtesten zum Bewußtsein, wenn wir uns wiederum des Laokoonbildwerkes erinnern. Bisher konnten wir den LAOKOON in allem mit den tragischen Helden vergleichen und in eine Linie stellen. Auch der zuletzt hervorgehobene Faktor ist für ihn, wie für die Helden dei Tragödie bedeutsam. Auch bei ihm ist der *Gegenstand* des Leidens nicht unwesentlich. Es ist weder gleichgültig noch tadelnswert, sondern schön, daß er am *Leben* hängt und für sein *Leben* kämpft, an dem zu hängen und für das zu kämpfen er ein Recht hat. Aber die Laokoongruppe ist kein Drama, LAOKOON nicht Held einer Tragödie.

Gewiß könnte er es werden. Nicht der Bildner, aber der Dichter kann ihn dazu machen. Er stelle in LAOKOON einen Menschen dar, der ganz erfüllt von dem Gedanken sein bedrohtes

Vaterland zu retten, trotz des Widerspruchs der Seinen, und im Kampfe mit der Ungunst des Geschickes an seinem edlen Streben festhält und schließlich um dieses edlen Strebens willen untergeht; und ich wüßte nicht, was ihm zum tragischen Helden fehlen sollte.

Damit ist jenes Moment bezeichnet. Die Tragödie ist Drama. Und das Drama hat zum wesentlichen Merkmal das Wollen und Handeln. Ein Wollen und Handeln muß im tragischen Helden sich verwirklichen. Nicht ein beliebiges Wollen und Handeln, sondern ein bedeutsames, die ganze Persönlichkeit des Helden erfüllendes. Dasselbe muß einen solchen Inhalt haben, daß wir einsehen, wie es die ganze Persönlichkeit erfüllen könne. Es muß die Persönlichkeit erfüllen können auch insofern, als es aus ihrer innersten Natur sich ergibt. Eben dieses Wollen und Handeln muß in der Tragödie zum Leiden hinführen. Es muß dasjenige sein, "wofür" oder "um dessen willen" der Held leidet. Den LAOKOON des plastischen Kunstwerkes aber sehen wir nur leiden, ohne daß uns zugleich ein bedeutsames Wollen und Handeln als Grund dieses Leidens vergegenwärtigt würde.

Hiermit scheidet sich die Tragik der Tragödie von der sonstigen, nicht oder nicht im engeren und eigentlichen Sinne dramatischen Tragik. Was sie scheidet, ist das "Wofür", der "Grund" des Leidens in diesem besonderen, eben näher bezeichneten Sinne des Wortes. Man mag den LAOKOON des Bildwerkes dramatisch, dramatisch bewegt oder dramatisch lebendig nennen; aber die Tragik ist nicht dramatisch, d. h. nicht dramatisch *begründet*.

Wie aber bei allen bisher bezeichneten und für die tragische Wirkung in Anspruch genommenen Momenten alles darauf ankam, daß in ihnen ein Wertvolles der Persönlichkeit offenbar werde und in seinem Wert einleuchte, so auch hier. Auch das "Wofür" des Leidens soll uns die Persönlichkeit wertvoll machen und dadurch den tragischen. Genuß, der eben jederzeit Genuß eines Wertvollen in der Persönlichkeit ist, bedingen.

Das "Wofür" meinten wir, sei ein bedeutsames Wollen und Handeln. Es ist in den hier zunächst vorausgesetzten Fällen ein *gutes* Wollen und Handeln. Insoweit leuchtet ohne weiteres ein, wie es uns die Persönlichkeit wertvoll machen könne. "Gut" ist ja gar nicht das einzelne auf den Vollzug einer Handlung gerichtete Wollen als solches, erst recht nicht das Handeln an und für sich, sondern beides ist gut, sofern ihm ein gutes Motiv, ein Gutes der Gesinnung, des Charakters, kurz der Persönlichkeit zu Grunde liegt.

Bei ANTIGONE nun ist die That, "für" welche sie leidet, die Bestattung des Bruders, was sie dazu treibt, die Bruderliebe. Daß diese Liebe und das Bewußtsein der Pflicht, die sie auferlegt, Stand hält angesichts des Todes, das zeigt uns die Stärke der Liebe, und damit das erhabene Wesen der ANTIGONE in seiner vollen Herrlichkeit.—Es braucht wohl nicht mehr gesagt zu werden, daß die Macht der Bruderliebe in ANTIGONE um so größer erscheinen muß—nicht je bereiter sie ist, das Leben als eitel und wertlos wegzuwerfen, sondern je mehr sie am Leben *hängt*, und ihrer Natur nach am Leben zu hängen berechtigt ist.

Danach fällt in ANTIGONE dasjenige, was, oder worunter sie leidet—die Aussicht auf den Tod—und das, *wofür* sie leidet, auseinander. Dagegen ist bei ROMEO beides zugleich und in Einem gegeben. Er leidet für seine Liebe; der Verlust des Gegenstandes seiner Liebe ist zugleich das, was er erleidet. Damit haben wir zwei verschiedene Arten des Trauerspiels gewonnen. Wir können sie auch so bezeichnen, daß wir sagen: in der einen folge das Leiden aus der Verwirklichung eines wertvollen und erhabenen Wollens, in der andern bestehe es in der Vereitelung eines solchen Wollens. Diesem Unterschiede entspricht ein Unterschied in der ästhetischen Bedeutung des Leidens. Bei ANTIGONE*behauptet* sich das Schöne und Gute trotz des Leidens und im Leiden; bei ROMEO *erweist* es sich erst im Leiden.

DIE BESTRAFUNG DER BÖSEN UND DIE MACHT DES GUTEN.

Dieser Unterschied zwischen Arten des Trauerspiels tritt aber zurück gegenüber einem anderen, tiefer greifenden. Wie fügt sich MACBETH unseren Bestimmungen ein?

Auch MACBETH leidet "für" etwas. Aber nicht für ein gutes Wollen, sondern für ungeheure Frevel. Offenbar hat hier das "für" einen anderen Sinn, als oben. Ich könnte es verdeutlichen, indem ich sagte, MACBETH leide "zur Strafe für" seine Frevel, oder leide für die "Schuld", die er durch seine Frevel auf sich geladen habe. Damit scheint die Schuld- und Straftheorie oder Theorie der "poetischen Gerechtigkeit" wenigstens teilweise wieder in ihr Recht eingesetzt.

Aber es fragt sich, was wir unter Strafe verstehen. Wir sahen oben, was allein der Strafe sittliche, also ästhetische Bedeutung verleiht. Nämlich die Reaktion des sittlichen Willens—nicht gegen den Bösen; eine solche wäre widersinnig und damit das Gegenteil der Reaktion eines *sittlichen* Willens,—sondern gegen *das* Böse. Der böse Wille, so sagten wir, muß getroffen, gebrochen überwunden werden; oder die Strafe ist nicht Strafe, sondern nutzlose und eben damit unser Gefühl beleidigende Schädigung.

Dies bestätigt uns die Erfahrung. Wenn wir es außerhalb der Bühne erleben, daß den Verbrecher die Strafe ereilt, so halten wir dies freilich für recht und in der Ordnung. Aber eine erhebende Wirkung verspüren wir von dieser bloßen äußeren Thatsache der Bestrafung nicht, die Strafe mag noch so wohlverdient sein. Sie wird besonders wohlverdient erscheinen müssen, wenn der Verbrecher noch angesichts und während des Vollzugs der Strafe verstockt bleibt. Aber gerade dann sind wir von jeder erhebenden Wirkung am weitesten entfernt.

Vollends gilt dies, wenn die Strafe in Verhängung des Todes besteht. Solche Strafe wird ja von nicht wenigen überhaupt als unrecht, unsittlich, empörend abgewiesen. Ihnen stehen andere entgegen, denen sie zur Aufrechterhaltung der Rechtsordnung notwendig und darum gut erscheint. Lassen wir hier dahingestellt, ob mit dieser "Aufrechterhaltung der Rechtsordnung" überall ein klarer und widerspruchslos denkbarer Begriff sich verbindet. Welchen Begriff wir allein damit verbinden können, haben wir oben angedeutet, und wir werden, was die Tragödie betrifft, darauf zurückkommen. Einstweilen genügt uns daß in jedem Falle niemand zum Anblick des Vollzugs der Todesstrafe sich drängt, weil er einen sittlich erhebenden Genuß, weil er sittliche Genugthuung davon erwartet. Und auf der Bühne sollten wir solchen Genuß, solche sittliche Genugthuung daraus schöpfen!

Wohl aber übt es eine erhebende und sittlich befreiende Wirkung, wenn wir sehen, wie MACBETHs Trotz getroffen, sein Glaube alles Sittliche verhöhnen zu können für ihn selbst zu Schanden geworden ist, wie er also nicht nur gestraft ist, sondern sich innerlich gestraft weiß. Damit erfüllt eben die Strafe die Forderung, die wir ehemals an sie stellten, wenn sie ihren Namen verdienen solle. Die Strafe, die MACBETH erfährt, ist, was die "Strafe" der ANTIGONE sein müßte, aber, wie wir sahen, ganz und gar nicht ist.

Wir müssen aber, was wir hier unter Strafe verstehen, oder in wiefern wir der Strafe eine sittlich erhebende Wirkung beimessen können, noch genauer bestimmen. Wir müssen vor allem uns darüber klar sein, daß auch bei der inneren Wirkung der Strafe nicht das Gebrochensein, das Zuschandenwerden, das darin sich verwirklichende Leiden als solches den Grund der sittlichen Erhebung ausmacht. Das wäre ein Rückfall in den zurückgewiesenen Fehler.

Kein Leiden, wie es auch heißen mag, kann durch sein bloßes Dasein erfreuen. Der Grund des Genusses kann in keiner Weise in einem lediglich Negativen, er kann auch nicht in der inneren

Negation bestehen. Sondern das macht hier wie überall den Genuß am Leiden, daß in dem Leiden ein positiv Wertvolles der Persönlichkeit zu Tage kommt. Dies positiv Wertvolle ist aber hier die Stimme des Gewissens und der Wahrheit. Sie erwacht in der bösen Persönlichkeit und schafft ihr durch ihr Erwachen und Sichregen das innere Leiden. Das Leiden erhebt und erzeugt Genugthuung, sofern in ihm die innere Macht des Guten aber das Böse in der Persönlichkeit sich kundgiebt.

Hiergegen bleibt noch ein Einwand zurückzuweisen. Kein Leiden, sagten wir, schaffe durch sein bloßes Dasein Genuß. Aber giebt es nicht Schadenfreude, angenehmes Gefühl der befriedigten Rache? Solche Gefühle mag man sonst nicht hochstellen. Sie könnten darum doch durch den besonderen Charakter, den sie der Tragödie gegenüber annehmen, zum Genuß der Tragödie beitragen.

In der That giebt es dergleichen. Wir können sogar von einer doppelten Schadenfreude reden, einer egoistischen und einer nichtegoistischen oder sittlichen.

Wir empfinden zwar nicht Freude an dem Schaden, dem äußeren oder inneren Leiden jedes Beliebigen, wohl aber können wir Freude haben an dem Schaden desjenigen, der uns geschädigt, sich uns überlegen gezeigt, oder in irgend einer Weise sich uns gegenüber wirklich oder vermeintlich überhoben hat, ja der auch nur durch das, was er ist, oder hat, uns einen eigenen Mangel fühlbar macht. Dies ist die egoistische Schadenfreude. Dagegen ist es nicht egoistische Schadenfreude, aber doch auch "Schadenfreude", wenn ich mich freue über den Schaden desjenigen, der Unrecht gethan hat, gleichgiltig an wem es begangen wurde.

Es kommt aber hier alles auf das psychologische Verständnis dessen an, was wir Schadenfreude nennen. Und dazu gehört vor allem, daß wir uns des positiven Kerns der Schadenfreude bewußt sind. Dieser ist bei der egoistischen Schadenfreude Genuß des befreiten und gehobenen *Selbstgefühls*. Darum eben heißt sie egoistisch. Die Schädigung, die ich von der fremden Persönlichkeit erfahren habe, ihre Überhebnug oder Überlegenheit, das Bewußtsein des eigenen Mangels, das alles bedeutet für mich Niederdrückung, Hemmung, Störung meines Selbstgefühls. Von dem Druck oder der Störung fühle ich mich befreit durch den der fremden Persönlichkeit zugefügten Schaden.

Aber wie ist dies möglich? Der mir zugefügte Schaden wird ja nicht aufgehoben durch den Schaden, den mein Schädiger erleidet. Es wird damit nur der Schaden in der Welt verdoppelt. Auch sonst wird mir kein faktischer Gewinn, der mein Selbstgefühl heben könnte, zu Teil. Mein Mangel wird nicht geringer.—Umso sicherer habe ich einen ideellen Gewinn. Aber auch ihn ziehe ich nicht aus dem Schaden, den die fremde Persönlichkeit erfährt, sondern aus dem mit dem Bewußtsein desselben verbundenen Gedanken der Hemmung oder Verminderung des fremden Selbstgefühls. Daher ich die Schadenfreude erst empfinde, wenn ich annehmen kann, die fremde Persönlichkeit habe den Schaden nicht nur erfahren, sondern fühle ihn auch und fühle sich dadurch in ihrem Selbstgefühl getroffen. Die fremde Persönlichkeit kann sich, so meine ich, nachdem sie den Schaden erfahren hat, nicht mehr so, wie sie es that, gegen mich überheben oder sich mir überlegen glauben; ich brauche mich nicht mehr, wie vorher, durch den Gedanken ihrer Überhöhung oder das Nachempfinden ihres Überlegenheitsbewußtseins in mir gedrückt zu fühlen.—Damit ist zugleich gesagt, daß auch dann, wenn ich von der fremden Persönlichkeit *thatsächlichen* Schaden erfahren habe, das Bestreben ihr wieder zu schaden in dem Gedanken, daß sie sich gegen mich überhebe oder mir überlegen fühle, seinen eigentlichen Grund hat, daß also auch bei solcher *realen* Schädigung die darin liegende *Überhebung* das mir eigentlich Unerträgliche ist.

Doch auch damit ist die Schadenfreude nicht erklärt. Daß ich nicht mehr den drückenden Gedanken der fremden Überhebung in mir vollziehe, das schafft mir nicht die in der Schadenfreude liegende positive und eigenartige Lust. Jener drückende Gedanke schwindet ja immer auch dann, wenn ich ihn für einen Augenblick oder längere Zeit hindurch vergesse. Und doch ergiebt sich daraus kein der Schadenfreude vergleichbares Gefühl. Vielmehr muß noch Eines hinzukommen; und das ist der Gedanke, daß die fremde Persönlichkeit, indem sie sich in ihrem eigenen Selbst vermindert weiß, nicht umhin kann, nunmehr mich, oder wenn sie von mir nichts weiß, Meinesgleichen als sich gleich, und zu gleichem Selbstbewußtsein berechtigt *anzuerkennen*. Und wiederum ist dabei nicht das Entscheidende, daß überhaupt mein Selbst und Selbstbewußtsein anerkannt wird;—denn solche Anerkennung finde ich ja sonst in allen möglichen Individuen, die sich nicht gegen mich überheben oder gar mir positiven Respekt bekunden. Vielmehr kommt alles darauf an, daß eben *die* Persönlichkeit, die sich gegen mich überhob oder mir überlegen war, ihrer Überhebung oder ihrem Überlegenheitsbewußtsein zum *Trotz* zur Anerkennung sich gezwungen sieht. Dadurch gewinnt die Anerkennung ein Gewicht und für mich einen Wert, den sonstige Anerkennung für mich nicht besitzt. Es schafft mir Genugthuung, mich in eine Art von Respekt gesetzt zu sehen, da und gerade da, wo kein solcher Respekt und keine Neigung dazu vorhanden war. Und in dieser Genugthuung erst besteht die Schadenfreude.—Weil sie darin besteht, darum ist meine Schadenfreude umso vollkommener, je überlegener mir derjenige zu sein oder sich zu fühlen schien, an dessen Schaden ich mich freue, und je vollkommener die bewußte Demütigung ist, die ich bei ihm, nachdem er den Schaden erfahren hat, meine annehmen zu dürfen.—Man sieht, es verhält sich mit dieser egoistischen Schadenfreude völlig analog wie mit der Grausamkeitswollust, von der oben die Rede war. Die Grausamkeitswollust ist eben am Ende nur eine andere Art der Schadenfreude.

Es braucht nun aber nicht mehr gesagt zu werden, daß solche egoistische Schadenfreude ebenso gut wie die Grausamkeitswollust dem Kunstwerke gegenüber ausgeschlossen ist. Der Held der Tragödie insbesondere schädigt uns nicht, er weiß nichts von Überlegenheit und Überhebung uns gegenüber, es hat keinen Sinn sich mit ihm vergleichen oder messen zu wollen und über das für die eigene Person ungünstige Ergebnis der Vergleichung und Messung ihm zu grollen. Vor allem dem bewahrt uns die absolute Kluft zwischen der Welt des Kunstwerkes und uns.

Obgleich dies alles nicht gesagt zu werden braucht, so ist es doch für das Verständnis des Kunstwerkes grundwesentlich es zu wissen. Wir betonten schon, daß das sittliche Urteil gegenüber dem Kunstwerke reiner sei als unser sonstiges sittliches Urteil, und daß es dies darum sei, weil es von Rücksichten auf das, was außerhalb der Welt des Kunstwerkes liege, frei bleibe. Hier nun sehen wir an einem Punkte deutlich, wiefern diese Behauptung zutrifft. Was ist es denn, das im Leben vor allem unser sittliches Urteil trübt? Gewiß die Beziehung auf uns und unser Selbstgefühl. Statt eine Person und ihr Handeln nach ihrem eigenen Werte und nur danach zu beurteilen, sind wir geneigt sie vielmehr zu beurteilen nach dem realen oder ideellen Gewinn oder Verlust, der uns oder unserem Selbstgefühl aus ihrem Dasein oder Handeln erwächst oder erwachsen könnte. Daß davon nicht nur gegenüber der Tragödie, sondern gegenüber jedem darstellenden Kunstwerk—trotz aller Theorien, die das Gegenteil behaupten und so den Sinn des Kunstwerkes in Widersinn verkehren—keine Rede ist und keine Rede sein kann, dies ist es zunächst, was dem Kunstwerk und damit auch der Tragödie einen besonderen, durch nichts in der Welt zu ersetzenden sittlichen Wert verleiht.

Je weniger nun aber die egoistische Schadenfreude beim Genuß der Tragödie mitsprechen kann, umsomehr scheint die andere, die von uns oben zugestandene nichtegoistische Schadenfreude dabei beteiligt zu sein. Dies leugne ich denn auch nicht. Sie ist nicht nur dabei beteiligt, sondern sie macht das Wesen des Genusses aus. Die unegoistische oder sittliche

Schadenfreude ist eben gar nichts, eine leere Illusion, oder sie ist jene Freude an der inneren Macht des Guten, auf die wir den tragischen Genuß zurückgeführt haben.

Was bei der egoistischen Schadenfreude unser Selbstgefühl, das ist bei der nichtegoistischen oder sittlichen unser sittliches Gefühl. Wie dort durch die Überhebung gegen unsere Person unser Selbstgefühl, so wird hier durch die Überhebung gegen die Forderungen unseres sittlichen Bewußtseins unser sittliches Gefühl bedrückt, gehemmt, verletzt. Wir verspüren hier wie dort Genugthuung, nicht weil durch das Leiden die Überhöhung aufgehoben, sondern weil sie in *Anerkennung* dessen verwandelt ist, wogegen die Persönlichkeit sich erhob. Endlich ist auch hier wesentlich, daß eben *derjenige* zur Anerkennung der sittlichen Forderungen sich gezwungen sieht, der mit aller Gewalt sich dagegen*sträubte* und vielleicht bis zuletzt sich dagegen sträubt. Je mehr er sich sträubt, umsomehr kommt die innere Macht des Guten in jenem Zwang der Anerkennung zu Tage.—So hat die Berufung auf die Thatsache der Schadenfreude nur unsere schon ausgesprochene Anschauung bestätigt.

Welche Bedeutung können nun noch bei Tragödien von der Art des "MACBETH" jene uns bekannten Wendungen haben, daß in der Tragödie die sittliche Weltordnung wiederhergestellt erscheine, daß die Idee triumphiere oder das Recht gesühnt werde? Die Antwort liegt in dem bisher Gesagten. Die "sittliche Weltordnung" wird wiederhergestellt, nicht in dieser Allgemeinheit, sondern sofern das Gute im Helden Macht gewinnt. Seine Überhebung über die sittlichen Forderungen, das war die Verkehrung der sittlichen Weltordnung, nämlich der sittlichen Ordnung in der Welt der Tragödie. Daß er sich beugt und wenn auch noch so unwillig beugen muß, daß ist ihre Wiederherstellung.—Die "Idee" triumphiert, aber nicht als dies Abstraktum, sondern als die Stimme des Gewissens und der Wahrheit im Helden.—Damit ist dann auch schon dem "Rechte" sein Recht geworden. Das Recht wird gesühnt, d. h. das Rechtsbewußtsein im Helden, das durch die böse Leidenschaft niedergehalten war, kommt zur Geltung; und eben damit findet *unser* Rechtsbewußtsein, das er verneint hatte, seine Anerkennung. Jede sonstige Sühnung des Rechtes ist eine inhaltleere Phrase.

Man hat auch wohl gesagt, die sittliche Weltordnung, die Idee, das Recht sei der eigentliche Held der Tragödie, nicht die einzelne Persönlichkeit. Von diesem Satze kann der erste Teil zugestanden werden, wenn man den zweiten preisgiebt. Die sittliche Weltordnung, die Idee, das Recht ist der Held eben in der einzelnen Persönlichkeit und genau so weit, als es die einzelne Persönlichkeit ist.

Wir sind in diesen Erörterungen davon ausgegangen, daß ein MACBETH "für" ungeheure Frevel leide; den Sinn dieses "für" suchte ich deutlich zu machen. Es leuchtet jetzt auch ein, wie mit diesem Moment die anderen oben unterschiedenen und als wesentlich für den tragischen Genuß bezeichneten Momente aufs engste zusammenhängen. Was ist der Gegenstand des Leidens für MACBETH? "Worunter" leidet er? Äußerlich betrachtet unter dem Scheitern seiner Pläne, tiefer gefaßt unter der Anklage seines Gewissens, der Notwendigkeit, die sittliche Weltordnung anzuerkennen.

Die innere Macht des Guten, die sich damit an ihm erweist, muß aber umso größer erscheinen, je gewaltiger in ihm die Macht der bösen Leidenschaft ist, je heftiger er darum gegen das Gute ankämpft. Insofern kommt es auch hier darauf an, "was für eine Persönlichkeit" es ist, die leidet, und "wie" sie leidet oder zu dem sich verhält, was ihr das Leiden schafft. Nicht die Schwächlinge im Bösen, nicht diejenigen, die noch von ihrem bösen Wollen ablassen und, ohne darüber zu Grunde zu gehen, zum Pfade der Tugend zurückkehren können, am wenigsten die weichlich Bereuenden sind die tragisch wirksamsten Gestalten, soweit die tragische Wirkung durch die Wahrnehmung der inneren Macht des Guten über das Böse bedingt ist, sondern die *Helden* der bösen Leidenschaft, diejenigen, die alles an ihre Leidenschaft setzen, und schließlich *knirschend* die sittliche Weltordnung anerkennen, aber doch eben sie anerkennen. Nur wo das Böse ein gewaltiges ist, bedarf es einer gewaltigen sittlichen Macht, um es zu brechen, erst wenn es den ganzen Menschen beherrscht, so daß er ohne die Verwirklichung des bösen Wollens nicht leben kann, zeigt sich die sittliche Macht, die trotzdem sich Anerkennung verschafft, in ihrer *vollen* Größe. Dann wird aber das böse Wollen sich zu behaupten suchen müssen bis zum Ende. Der Held wird kämpfen und kämpfend *untergehen*.—Es ist wiederum eine wichtige Einsicht, die hier sich ergiebt. Sie ergiebt sich aber aus der richtigen Fassung des Sinnes der Tragödie mit Notwendigkeit.

Endlich ist nicht minder deutlich, daß die Wirkung einer Tragödie von der hier in Rede stehenden Art sich steigert mit der "Tiefe" des Leidens. In ihr zeigt sich ja wiederum die Stärke dessen, wogegen der Held—zuletzt vergeblich—ankämpft.

ZWEI GATTUNGEN DER TRAGÖDIE.

Wie verhalten sich jetzt die Tragödien nach Art des "MACBETH" zu "ANTIGONE" und "ROMEO"? Zunächst ist das Grundthema bei ihnen allen eines und dasselbe. Es ist die Macht, nämlich die *innere* Macht des Guten. Zugleich sehen wir den Unterschied. In ANTIGONE, sagten wir, *bewährt* sich die Macht des Guten angesichts des Leidens; in ROMEO *erweist* sie sich im Leiden. In MACBETH endlich kommt sie erst im Leiden zur *Wirksamkeit*.

Wiederum, sind jene beiden darin eins, daß es in der einen, wie in der anderen das *Übel* ist, gegen das das Gute in der Persönlichkeit sich behauptet, oder in dem es sich erweist. Dagegen bethätigt sich in MACBETH die Macht des Guten gegenüber dem *Bösen*. Wir könnten danach überhaupt Tragödien des Übels und Tragödien des Bösen unterscheiden und die beiden als die zwei Hauptgattungen der Tragödie einander gegenüber stellen. Wir setzen indessen lieber statt dieser beiden Namen die Namen *Schicksalstragödie* und *Charaktertragödie*. Nicht weil bei der "Tragödie des Übels" der Charakter, bei der "Tragödie des Bösen" das Schicksal keine Bedeutung hätte, sondern weil das Übel, mit dem dort das Gute der Persönlichkeit in Konflikt gerät, für die Persönlichkeit Schicksal ist, das Böse, gegen das hier das Gute der Persönlichkeit Macht gewinnt, der Persönlichkeit selbst und ihrem Charakter angehört.

Aber diese Unterscheidung kann nicht als eine reinliche Scheidung der vorhandenen Tragödien gemeint sein. So zutreffend sie ist, so wenig kann sie die Forderung in sich schließen, daß Tragödien jederzeit entweder nur der einen oder nur der anderen Gattung angehören. Vielmehr hindert nichts, daß eine und dieselbe Tragödie beide Gattungen, zugleich vergegenwärtige. Die Gleichheit des Grundthemas verbürgt die Möglichkeit der Vereinigung. Daß die Tragödie es mit Menschen zu thun hat, in denen Gutes und Böses sich zu mischen pflegt, daß die Größe einer edlen Leidenschaft mit bösem Wollen sich verbinden, ja zu ihm hinführen kann, dies läßt sogar von vornherein erwarten, daß die meisten Tragödien sich als Vereinigungen der beiden Gattungen darstellen werden.

Darum bleibt doch der Unterscheidung ihr guter Sinn. Es genügt dafür, daß wir solche Tragödien, die mehr der einen Gattung angehören, solchen gegenüberstellen können, die mehr der anderen angehören, daß wir in jedem Falle unterscheiden können, in *wiefern* eine Tragödie der einen oder der anderen Gattung sich zuordne. Daß wir damit zu einer reinlichen Klassifikation der vorhandenen Tragödien nicht gelangen, darüber kann uns der Umstand trösten, daß Tragödien auch nicht dazu da sind, um von uns klassifiziert zu werden, daß sogar das Verständnis, auf das es beim Kunstwerk ankommt, durch das Bestreben der Klassifikation eher verdunkelt zu werden pflegt. Es wird erhellt durch die Erkenntnis und deutliche Unterscheidung der Gründe, auf denen die Wirkung der Kunstwerke beruht. Eine solche Unterscheidung der Gründe der Wirkung ist es darum, woran uns schließlich allein gelegen ist. Mögen diese Gründe noch so sehr Hand in Hand gehen, so bleiben sie doch verschieden.

So gehen, wenn wir ein Beispiel wollen, die eben unterschiedenen "Gründe" der tragischen Wirkung Hand in Hand, Schicksalstragödie und Charaktertragödie sind vereinigt in GRETCHEN. GRETCHENs Liebe und daß sie der Macht der Verführung Raum gegeben hat, beides in Einem führt sie ins Leiden. Sie leidet "für" ihre Liebe und für ihre "Schuld". Und indem sie beides thut, indem die Stimme des Guten erwacht, die in ihr eine Zeitlang zurückgedrängt war, und zugleich das "Liebe und Gute", das von vornherein in ihr war und auch der Verirrung zu Grunde lag, jetzt erst recht eindringlich wird, erweist sich in ihr das Gute in doppelter Art. "Sie ist gerichtet", so meint MEPHISTO im Hinblick auf ihre Schuld und im Einklang mit den Ästhetikern der "poetischen Gerechtigkeit". "Sie ist gerettet," so verkündigt die Stimme von oben, für die auch in dem "Gericht" das Sittliche der Persönlichkeit sich geoffenbart hat.

An die Vereinigung von Schicksalstragik und Charaktertragik in einer Person, nämlich der Person des Helden, war hier zunächst gedacht. Die Möglichkeit der Vereinigung gewinnt einen weiteren Umfang, wenn wir die Tragödie als Ganzes ins Auge fassen und bedenken, daß in einer und derselben Tragödie Vertretern der einen Art der Tragik Vertreter der anderen Art gegenübertreten können. Ist die Tragik des Helden Schicksalstragik und ist es das böse Wollen einer Persönlichkeit, wodurch ihm das Schicksal bereitet wird, so wird diese Persönlichkeit garnicht umhin können, zum Träger einer Art von Charaktertragik zu werden. Sie wird es um so sicherer sein müssen, je mehr sie neben dem Helden hervortritt. Nicht der Held macht ja die Tragödie; nicht ausschließlich, sondern nur in erster Linie verkörpert sich in ihm ihr Sinn. Der versteht das Kunstwerk schlecht, der immer nur vom Helden zu reden weiß und nicht zugleich das Ganze als Ganzes faßt, als eine Einheit, in der nichts überflüssig ist oder sein darf, nichts dem einen beherrschenden Gedanken völlig fremd gegenüberstehen oder gar ihn verneinen darf.

So gehört zur Tragödie "ANTIGONE" KREON ebensowohl wie ANTIGONE, zur Tragödie "MARIA STUART" ELISABETH ebensowohl wie MARIA STUART. Die innere Macht des Guten, die in ANTIGONE sich behauptet, eben die muß in KREON erwachen und ihm ein inneres Leiden schaffen, oder der Sinn des Ganzen, der dort bejaht ist, ist hier verneint. Und wir fassen den Sinn der Tragödie, der eben in der Thatsache jener inneren Macht besteht, nur halb, wenn wir nur auf ANTIGONEs und nicht zugleich auf KREONs Leiden, und was darin zu Tage kommt, achten. Ähnlich verhält es sich mit MARIA STUART und ELISABETH und in vielen anderen Fällen.

TRAGÖDIE UND ERNSTES SCHAUSPIEL.

Die *innere* Macht des Guten, so betonten wir, macht das Thema des Trauerspiels. Damit ist doch keineswegs ausgeschlossen, daß neben der inneren die äußere Macht des Guten in einem Trauerspiel uns entgegentritt. Es *muß* sogar so sein, wenn das Schicksal, das den Bösen niederwirft und das Gute in ihm zum Siege bringt, in Gestalt einer das Gute wollenden Persönlichkeit auf die Bühne tritt. Freilich nähert sich das Trauerspiel in dem Maße, als diese Macht hervortritt und *selbständige* Bedeutung gewinnt, dem ernsten Schauspiele, in dem eben diese Macht des Guten das eigentliche Thema bildet. So tritt in "RICHARD III." neben dem Helden sein Gegner RICHMOND mehr und mehr in den Vordergrund, um schließlich der eigentliche Held des Dramas zu werden. RICHARD wird Mittel zum Zweck, Hindernis, das dazu da ist, von RICHMOND überwunden zu werden und ihn zu verherrlichen, zugleich Folie, von der sich die Lichtgestalt RICHMONDs glänzender abhebt.

Man wird diese Teilung des Interesses bedauern müssen, sie zugleich aber unter den obwaltenden Umständen begreifen. RICHARD klagt sich an, er erkennt eine über ihm stehende sittliche Macht an. Aber genügt die Art, wie er es thut, um uns soweit mit ihm auszusöhnen, daß sein Ende für uns Gegenstand eines, wenn auch ernsten, so doch ungetrübten, von Bitterkeit oder Abscheu freien Genusses ist? Würde selbst ein vollkommeneres inneres Gebrochensein, ein tiefergehendes seelisches Leiden, den Eindruck von so viel Verworfenheit bis zu dem Grade zurückzudrängen vermögen, daß die Genugthuung über den Sieg, den das Gute auch noch in einer *solchen* Persönlichkeit davonzutragen vermag, in uns die herrschende Empfindung würde? Ist das *zermalmende* Bewußtsein der begangenen Frevel, wie wir es von RICHARD III. fordern müßten, bei seinem Charakter überhaupt *möglich*? Würden wir, nach dem, was wir gesehen und gehört haben, daran glauben können?—Verneint man diese Fragen, dann muß RICHARD III. schließlich zurücktreten, und die andere Art der Versöhnung, die im äußeren Sieg des Guten, dem Sieg *über* RICHARD besteht, Ersatz und Ergänzung bieten. Dann hätte aber freilich RICHARD III. von vornherein in höherem Grade zurücktreten und nicht als eigentlicher Held des Dramas erscheinen müssen. Die Frage lautet eben schließlich: Ist nicht, wie ganz gewiß in anderen Tragödien, so auch schon in RICHARD III. das Maß des sittlich Häßlichen überschritten, das dem Helden der Tragödie, in der ja wie in jedem Kunstwerk das Häßliche nur Mittel zum Zweck ist, zugestanden werden darf?

Von einer doppelten Art der Versöhnung war hier die Rede. Die eine besteht nur in uns, als unsere Versöhntheit mit dem Ausgang, insbesondere mit dem Helden und seinem Geschick. Sie ist in diesem Sinne "subjektive" und *nur*subjektive Versöhnung. Das, womit wir versöhnt oder ausgesöhnt werden müssen, ist das Übel oder das Böse, das Schicksal oder die Persönlichkeit, oder das eine und das andere zugleich. Was uns damit versöhnt oder aussöhnt, ist das sittlich Wertvolle in der Persönlichkeit, das in dem Konflikt des Helden mit dem Schicksal oder mit sich selbst zu Tage tritt. Diese Versöhnung und nur diese ist tragische Versöhnung.

Ihr steht entgegen die objektive, die in dem Kunstwerk selbst sich vollziehende und von uns angeschaute Versöhnung, der versöhnliche Ausgang, die glückliche Lösung. Diese Versöhnung bildet Ziel und Sinn des ernsten Schauspiels. Auch hier kann, wie der Konflikt, so die Versöhnung doppelter Art sein. Der Held, der Träger des Guten, besiegt das ihm entgegenstehende Schicksal bezw. die Bösen, die für ihn das feindliche Schicksal repräsentieren. Das Übel wendet sich für ihn zum Guten.—Oder er überwindet die ihm und seinem Glück entgegenstehende Bosheit oder Schwäche der eigenen Natur. So hat selbst IPHIGENIE einen Feind im eigenen Herzen, nämlich die Lüge, zu überwinden. Der Held überwindet das Böse, das heißt hier nicht wie bei der Tragödie, sein besseres Ich erwacht und kommt zur Geltung *gegenüber* der bösen Leidenschaft und in dem Konflikt und inneren Leiden, das ihm aus der Verwirklichung seines leidenschaftlichen Wollens erwächst; sondern: es vernichtet das Böse, es wird Herr darüber. Das Gute im Helden wird zum guten Wollen und zur guten That; der Gegensatz des Bösen und Guten *entscheidet* sich; nicht das Böse, sondern das Gute wird schließlich *verwirklicht*: das Böse wandelt sich in das Gute. Dieser Sieg des Guten dient dann wiederum dazu, das böse Schicksal, nämlich dasjenige, das aus dem bösen Wollen erwuchs oder zu erwachsen drohte, zum Guten zu wenden. So ist überall der versöhnliche Ausgang das Ziel. Dem Guten wird, weil es da ist, oder sich sieghaft durcharbeitet, sein verdienter Lohn. Erst, indem wir diese objektive Versöhnung miterleben, entsteht hier das Gefühl der Versöhnung oder unsere Versöhntheit.

Dieser Gegensatz zwischen der nur subjektiven Versöhnung der Tragödie und der zugleich objektiven des ernsten Schauspiels läßt sich noch in anderer Weise bezeichnen. Dort ist das Gute, ich meine das persönlich oder sittlich Gute, an sich der Gegenstand des Genusses, hier das Gute mit Rücksicht auf die Verwirklichung seiner Zwecke; dort handelt es sich um das *Dasein* des Guten, hier um seine Bethätigung, seine Leistungen, seinen *Erfolg*. Man hat gefragt, was in der Tragödie wichtiger sei, der Charakter oder die Handlung. In dieser Unbestimmtheit muß die Frage abgewiesen werden. In jedem Drama muß der Charakter in Handlungen und Erlebnissen sich bethätigen und überall müssen die Handlungen und Erlebnisse aus einem entsprechenden Charakter begreiflich werden. Insofern sind beide gleich wichtig. Beides ist gar nicht von einander zu trennen. Wohl aber hat die obige Frage ihr gutes Recht, wenn sie zu wissen verlangt, worauf die Tragödie eigentlich abziele. Die Tragödie, so müssen wir sagen, zielt durchaus auf den Charakter ab, sie weist uns von den Handlungen und Erlebnissen auf den Charakter, der darin sich kundgiebt, während das ernste Schauspiel vielmehr uns vom Charakter auf die Handlungen und Erlebnisse hinweist, die daraus fließen. Dort haben die Handlungen und Erlebnisse Bedeutung, sofern sie uns ein Wertvolles im Charakter enthüllen, hier soll vielmehr der Charakter die Handlungen und Erlebnisse uns wertvoll und erfreulich machen.

Indem man diesen Gegensatz zwischen Tragödie und ernstem Schauspiel übersah und die dem ernsten Schauspiel angehörige objektive Versöhnung, die objektive "Lösung des Konflikts" auch von der Tragödie forderte, mußte man zu den oben zurückgewiesenen, die Tragödie verfälschenden Theorien gelangen. Man suchte die Lösung im Jenseits, sei es dem alles Unrecht ausgleichenden, besseren Jenseits, sei es dem Jenseits, das mit dem "Frieden" des Nichts gleichbedeutend ist, in jedem Falle also in etwas, von dem der Ästhetiker allerlei wissen mag, das Kunstwerk aber nichts weiß. Oder man suchte im Leiden und Untergang selbst die äußere Lösung und ließ zu dem Zweck die Armen schuldig werden, die der Dichter unschuldig hatte leiden lassen.

Allen solchen Klügeleien gegenüber müssen wir festhalten, daß in der Tragödie der Konflikt thatsächlich *ungelöst* bleibt. Weder ist das Leiden selbst die Lösung noch folgt ihm die Lösung. Die Tragödie verträgt keine äußere Lösung, weil in ihr die ganze Bedeutung des Konfliktes darauf beruht, durch sein *Vorhandensein* und das daraus entspringende Leiden unmittelbar ein sittlich Schönes zu vergegenwärtigen. Daß die Tragödie nichts weiß von glücklichem Ausgang, daß ihr der äußere Erfolg des Handelns so garnichts bedeutet, die Begriffe der "Belohnung" des Guten und der "Bestrafung" des Bösen im äußerlichen Sinne ihrer Natur so völlig fremd sind, vielmehr statt dessen alles in ihr abzielt auf die Vergegenwärtigung des Guten im Menschen, der inneren Macht dieses Guten und des Wertes, den es *an und für sich hat*—, dieser höchste sittliche Standpunkt ist es, der erst die Tragödie als solche konstituiert, der ihr zugleich ihre besondere sittliche und damit ästhetische Bedeutung giebt.

DIE POETISCHE MOTIVIERUNG.

Es giebt nichts Schöneres und Erhabeneres auf der Welt, als das Schöne und Gute, was im Menschen ist. Darum gewährt die Tragödie den erhabensten Genuß. Immerhin ist dieser Genuß an das schmerzliche Mitfühlen des Leides gebunden. Hier erwächst der Tragödie die Aufgabe, Sorge zu tragen, daß der Schmerz nur dient, den Genuß zu vermitteln und ihm den erhaben ernsten Charakter zu geben, den Charakter der Liebe und Ehrfurcht, den er zu tragen bestimmt ist; daß kein Gefühl des Schmerzes, der Unlust, der Verletztheit übrig bleibt, das nicht in jenen Genuß sich auflöste. Die subjektive Versöhnung, die einzige, die für die Tragödie gefordert ist, muß eine *vollständige* sein.

Daraus ergeben sich verschiedene Forderungen. Schon oben meinten wir, die Tragödie, als *dramatisches* Kunstwerk, erheische, daß das "Wollen und Handeln des Helden zum Leiden *hinführe*. Jemehr dies der Fall ist, jemehr der Held zu seinem Leiden positive Veranlassung giebt, so daß wir es mit einer gewissen Notwendigkeit "so kommen sehen", desto eher fügen wir uns darein, desto leichter können wir uns im tragischen Genusse mit ihm versöhnt fühlen.

Hierauf reduziert sich das Recht der früher erwähnten Forderung, daß das Leiden des Helden auf einer Überhebung desselben beruhen müsse. In der That wird das Verhalten des Helden in vielen Fällen mit diesem Namen bezeichnet werden können. In keinem Falle wird sich ja sein Wollen und Handeln in den Schranken des Alltagsmenschen halten, für den die Mäßigung die höchste Tugend ist. Daß es auch *Ästhetiker* giebt, die die "Mäßigung" so hoch stellen, und von diesem sittlichen Standpunkte aus sich in eine sittliche Entrüstung gegen die reinsten tragischen Gestalten hineinreden, das beweist nur, welche begriffsverwirrende Macht die einmal feststehende Theorie besitzt.

Daß andererseits der böse Charakter des Helden ein gewisses Maß der *Bosheit* nicht überschreiten dürfe, dies zu bemerken hat uns schon oben "RICHARD III" Gelegenheit gegeben. Im übrigen ist die Bemerkung so alt, wie die Ästhetik der Tragödie. Nicht der eingefleischte Teufel, nur das menschlich verständliche Böse, das Böse, das aus relativ berechtigter Wurzel stammt und zugleich der Größe nicht entbehrt, macht den inneren Sieg des Guten begreiflich und unsere Aussöhnung mit dem Bilde des Helden möglich. Will man ein Beispiel, wie der Dichter es anfängt bei aller Macht des Bösen uns doch an die Möglichkeit, daß das Gute zum Siege komme, glauben zu lassen, so sehe man, wie MACBETH zum Bösen getrieben wird, nicht durch ursprüngliche Niedertracht, sondern durch gewaltigen Ehrgeiz, wie dieser Ehrgeiz künstlich geschürt wird durch die eigentliche Teufelin, die Lady MACBETH, wie MACBETH, einmal auf der Bahn des Bösen, nicht mehr anders *kann*, als weiter stürmen. Dies alles läßt ihn gewiß nicht schuldiger und die Strafe gerechter erscheinen, wohl aber wird uns, wenn wir auf dies alles achten, sein böses Thun durchaus menschlich verständlich und ebendamit das Erwachen der Stimme des Guten begreiflich. Zugleich dient es, uns die schließliche Aussöhnung mit ihm zu ermöglichen.

So gewiß nun aber das Wollen und Handeln des Helden zum Leiden hinführen muß, so widersinnig wäre die Forderung, daß es für sich allein dazu hinführen solle.

Man hat gesagt, in der Tragödie müsse nicht nur der Untergang des Helden aus dem Konflikt, sondern auch der Konflikt aus dem Charakter des Helden mit Notwendigkeit folgen. Das ist schlecht ausgedrückt oder leere Schwärmerei. Nichts, was irgend ein Mensch thut, folgt lediglich aus seinem Charakter; für nichts ist er allein die zureichende Ursache. Alles folgt nur aus ihm und den hinzukommenden äußeren *Umständen*. Bei EMILIA GALOTTI wäre zu Konflikt und

Untergang kein Anlaß, wenn sie nicht dem Prinzen begegnete, bei ANTIGONE nicht, wenn nicht KREON ein Tyrann wäre, und so in allen möglichen Fällen. Aus verschiedenen Bedingungen ergeben sich verschiedene Folgen. So ist es vollends ein nichtiges Reden, wenn behauptet wird, das Leiden des tragischen Helden sei prädestiniert in dem Sinne, daß der Held so handeln müßte, wie er handelt "und wenn er auch die ganze kausale Verkettung mit Gewißheit überblickte, durch die ihn diese That zum Untergange führt". Oder was soll es für einen Sinn haben, daß OTHELLO DESDEMONA ermorden müßte, auch wenn er den Thatbestand kennte, aus dem sich die Grundlosigkeit seiner Eifersucht ergiebt?

Aber den *Zufall* meint man doch aus der Tragödie ausschließen zu müssen. Hier kommt alles auf den Sinn des Wortes an. Meint man den Zufall, der im Gegensatze steht zum ursächlichen Zusammenhang der Dinge? Dieser Zufall besteht nirgends. Kein Wunder, wenn er auch in der Tragödie nicht besteht. Oder meint man den Zufall als Gegensatz dessen, was ich *will* und durch mein Wollen zuwege bringe? Diesen Zufall giebt es überall und vor allem in der Tragödie. Es ist in diesem Sinne Zufall für ANTIGONE, daß KREON ist, wie er ist; für RICHARD, daß es Personen giebt, gegen die er sich so verhalten kann, wie er es thut. Oder haben ANTIGONE und RICHARD auch dies "verschuldet"?

Nur freilich der in der Tragödie waltende Zufall, oder wenn man lieber will, das, alles Handeln und Leiden der Personen und vor allem des Helden mitbedingende Schicksal muß uns verständlich sein. Nicht nur so, daß wir daran glauben können. Ohne dies wäre alle Wirkung in Frage gestellt. Sondern in dem Sinne, daß es sich einfügt in einen uns vertrauten Zusammenhang der Dinge. Wir müssen auch, soweit das Schicksal das Leiden bedingt, in gewisser Weise "es mit Notwendigkeit so kommen sehen". Damit verliert das Schicksal das Schreckliche oder Entsetzliche, das dem wider alles natürliche Erwarten hereinbrechenden Schicksal eignete und den tragischen Genuß bedrohte.

In diesem Punkte verfehlt es die speciell sogenannte "Schicksalstragödie". Ihr besonderer Name rechtfertigt sich gewiß nicht dadurch, daß in ihr das Schicksal "blinder" wäre als sonst. Blind, und eben darum den Gesetzen des Zufalls oder der Wahrscheinlichkeit gehorchend ist das Schicksal sonst, im Leben und in der Tragödie. In der "Schicksalstragödie" dagegen ist es vielmehr sehend, ein boshaftes Wesen, das mit kindischem Eigensinn sich an Äußerlichkeiten heftet, Menschen vernichtet, weil es sich dies nun einmal in den Kopf gesetzt hat, oder weil ein Wahnwitziger einen thörichten Fluch ausgesprochen hat. In dies menschlich boshafte, kindisch und toll gewordene Schicksal, finden wir uns nicht, wie in die durch Erfahrung uns vertraut gewordene blinde Naturnotwendigkeit. Eben darum ist es so entsetzlich und so untragisch.

Darin liegt zugleich, daß auch das Schicksal des Helden, soweit es im *bösen Wollen Anderer* besteht—ebenso wie nach Obigem das böse Wollen des *Helden selbst*—uns menschlich verständlich sein und ein gewisses relatives Recht in sich tragen müsse. Dies um so sicherer, je weniger relatives Unrecht auf der Gegenseite zu finden ist. So erscheint KREONs Wüten gegen ANTIGONE von seinem Standpunkte aus in gewisser Art berechtigt und dadurch von seiner Seite her das Beleidigende des über ANTIGONE verhängten Leidens gemildert. Das Leiden der ANTIGONE selbst freilich wird damit nicht geringer. Aber darum handelt es sich auch hier nicht. Alle die hier gestellten Forderungen zielen nicht darauf ab, daß das Leiden gemindert, sondern daß unser Schmerz über das Leiden versöhnbarer gemacht werde.

Versöhnbarer,—das heißt nach oben Gesagtem: fähiger, in den Genuß, den die Tragödie gewähren will, sich aufzulösen, nicht um zu verschwinden, sondern um darin fortzuleben als das Moment des Ernstes und heiligen Schauers, das diesem Genusse vor anderen eignet.—Dürfen wir, so kann jetzt gefragt werden, diesen Genuß noch mit dem Namen nennen, den wir der tragischen Empfindung auf ihrer ersten Stufe zugestehen mußten? Ist der tragische Genuß, wie wir ihn jetzt kennen gelernt haben, noch bloßes Mitleid? Man kann gewiß den Sinn des Wortes Mitleid so umfassend nehmen. Sicher ist, daß wir uns von dem, was wir damals zunächst so nannten, weit entfernt haben. Mitleid war uns das schmerzlich freudige Bewußtsein vom Werte eines Lebendigen, das leidet, abgesehen noch von dem specifischen, im höchsten Maße sittlichen Werte, den ein Leidender und sein Leiden gewinnt, indem sich in ihm in bestimmter Art das Gute als innerlich siegende Macht erweist. Jetzt sehen wir eben in diesem Werte den besonderen Gegenstand des Genusses. Damit erhebt sich der Genuß an der Tragödie über das Gefühl des Mitleids gegenüber einem beliebigen tragischen Objekt so hoch, als sich dieser specifische Wertinhalt erhebt über das bloße Dasein eines Lebendigen. Es ist beide Male Empfindung von derselben Art; nur hier, bei der Tragödie, wie es in der Natur des Dramas liegt, in Fluß gebracht, potenziert und in einem Punkte von höchster Bedeutung zusammengefaßt.

DER UNTERGANG DES HELDEN.

Indessen wir sind mit dem Bilde des Genusses, den die Tragödie gewähren will, noch nicht völlig zum Abschluß gelangt. Wir haben schließlich noch im Ganzen die Frage zu stellen, auf die wir gelegentlich und im Einzelnen schon eine Antwort gaben. Wozu der Tod des tragischen Helden?

Warum muß ANTIGONE sterben? Weil sie nur angesichts des Todes die volle Macht ihrer Bruderliebe an den Tag legen kann, und die Drohung KREONs nicht etwa nachträglich als Scherz sich erweisen darf. Warum ROMEO? Weil nur der *tödliche* Schmerz die Macht seiner Leidenschaft voll offenbaren kann. Warum endlich RICHARD III.? Daß sein Untergang notwendig ist, wenn der Triumph RICHMONDs ein vollkommener, die Herrschaft besserer Zeiten, die mit ihm anbricht, unzweifelhaft sein soll, kommt für die Tragik in RICHARD nicht in Betracht. Wohl aber dies, daß auch er, so wie er einmal ist, und nach solchen Zunichtewerden seines ganzen Wollens nicht weiter leben kann. Darum stirbt er zwar keineswegs resigniert, aber er stürzt sich in den Kampf, um zu siegen *oder* unterzugehen.

Soweit erscheint der Tod in verschiedenen Tragödien verschieden begründet. Es lassen sich aber zugleich die verschiedenen Gründe in einen zusammenfassen. Der tragische Konflikt ist unlösbar und wir haben gesehen, warum er es sein muß. Ebendarum, muß er *abgeschnitten* werden. Die Endlosigkeit des Konfliktes und Leidens würde wiederum die Versöhnung, nämlich die Versöhnung unseres Gefühles mit sich selbst, aufheben. Das endlose Leiden wäre nicht tragisch, sondern entsetzlich. Aus diesem Grunde ist der Tod notwendig, nicht für den Helden, sondern für uns, nicht objektiv, sondern für unser Empfinden.

Zugleich ist durch den Tod alles unnötige und dem Kunstwerk widersprechende Fragen abgeschnitten: Was würde aus RICHARD, wenn er weiter lebte? Was *wird* aus ihm oder ANTIGONE in irgend welchem Jenseits?—Im Kunstwerk ist es zu Ende; und wir haben nicht das Kunstwerk auf unsere Kosten weiterzudichten. Nicht vorwärts soll unser Blick gehen, über das Kunstwerk hinaus, in das Gebiet unserer Reflexionen, sondern haften soll er und nach rückwärts gehen.

Das kann er aber jetzt in *besonderer* Weise. Der Tod ist das Ende des Leidens, auch in dem Sinne, daß mit ihm erst die Wirkung des Leidens auf *uns* sich abschließt und vollendet. Der Freund, der leidet, erscheint uns liebens- und achtungswerter. Er erscheint uns in dem *ganzen* Wert, den er für uns hatte, wenn er uns entrissen ist. So auch tritt uns die ganze Erhabenheit und Schönheit der ANTIGONE ins Bewußtsein, wenn sie dahingegangen ist. Wir wissen, was sie war, wenn sie nicht mehr ist. Und ebenso wird bei RICHARD III., was an ihm Wertvolles war und in seinem Leiden zu Tage getreten ist, erst mit seinem Tod uns völlig gegenwärtig. Der Tod wirkt verklärend, nicht objektiv, sondern in unseren Augen, nicht den Helden, sondern sein Bild verklärend.

Und er wirkt zugleich andererseits mildernd, reinigend. Solange ANTIGONE lebte, war sie verflochten in den Streit der Leidenschaften; und in ihm mochte sie gelegentlich herb und verletzend erscheinen. Solche Gedanken treten zurück angesichts des Todes. So lange RICHARD III. lebte, haftete unser Blick an dem Schrecklichen, was sein Wollen und Thun als solches für uns hatte und haben mußte. Dies einzelne Wollen und Thun verschwindet, wie alles Einzelne, angesichts des Todes. Der Tod öffnet die Augen für das Ganze der Persönlichkeit, für das, was sie im Ganzen w a r. Und da sehen wir auch das Gute und berechtigt Menschliche, was selbst dem verletzenden oder schrecklichen einzelnen Wollen und Thun zu Grunde lag. Es ist wiederum

keine objektiv, sondern eine subjektiv reinigende, ich meine eine unsere Betrachtung, unser Bild
des Helden reinigende Wirkung, von der ich hier spreche.

SCHLUSS.

In dieser reinigenden und jener verklärenden Wirkung des Todes vollendet sich endlich der Sinn und Zweck der Tragödie. Nach dem Gesagten ist der Tod, der physische Untergang, nichts weniger, als dasjenige, was den eigentlichen Sinn der Tragödie macht; sosehr auch die Meinung in Geltung sein mag. Er ist vielmehr ein durchaus sekundäres, dienendes, immerhin um des Zweckes willen notwendiges Moment. Dieser Zweck der Tragödie ist aber, um nun unser Ergebnis noch einmal in Eines zusammenzufassen, kein anderer als der, _uns die Macht des Guten in einer Persönlichkeit genießen zu lassen, wie sie im Leiden zu Tage tritt und gegen Übel und Böses sich bethätigt, uns von dem Werte dieses Guten den denkbar tiefsten und reinsten Eindruck zu geben, einen Eindruck, der nicht, wie so oft im Leben, getrübt ist durch den Gedanken an uns selbst, an äußeren Erfolg, an Lohn und Strafe, der im Gegensatz zu allem Haften am Einzelnen und an der Oberfläche des Geschehens und Thuns dem Ganzen der Persönlichkeit und ihrem innersten Wesen gerecht wird. Die Tragödie fordert dafür nichts, als daß wir uns ihr ganz hingeben und nichts Fremdes einmischen, daß wir vor allem nicht in unseren Reflexionen und Theorien statt im Kunstwerk unsere Befriedigung suchen.